동백아가씨

동백아가씨

1쇄 찍은날 : 2009년 3월 25일
1쇄 펴낸날 : 2009년 3월 30일

지은이   이미자
펴낸이   최윤정
펴낸곳   도서출판 나무와숲

등 록   22-1277
주 소   서울특별시 송파구 방이동 22 대우유토피아 1304호
전 화   02)3474-1114
팩 스   02)3474-1113
e-mail : namusup@chol.com

값 11,000원
ISBN   978-89-93632-04-0   03810

이 · 미 · 자 · 그 · 림 · 에 · 세 · 이

동백아가씨

이미자

나무와숲

올해는 제가 가요 생활을 시작한 지 50년째 되는 해입니다. 지금으로
부터 10년 전인 1999년에 40주년 기념공연을 하면서 저는 세종문화
회관 무대에서 객석에 계신 분들을 향해 이런 말을 했습니다.

　"아마도 이렇게 큰 기념비적인 공연을 갖는 것은 이번이 마지막이
될 것입니다."

　그러고 나서 전국 순회공연을 했는데, 대도시보다는 중소도시에
서 많이 했습니다. 중소도시에서 공연을 많이 한 것은 그동안 작은
곳에서는 공연할 기회가 거의 없었으나, 저를 좋아해 주는 분들이 그
곳에 많이 계시기 때문입니다.

　그 뒤로 1년, 2년, 3년……그렇게 시간은 흘러갔습니다. 언감생심
이란 말은 이럴 때 써야 하는 걸까요? 5년 후 생각지도 못했던 45주
년 기념공연 요청이 들어왔습니다. 저는 무어라 표현할 수 없을 정도

로 감사하고 기쁜 마음으로 흥분되면서도 한편으로는 두려웠습니다.

2004년 4월 드디어 조선일보 주최, KBS 후원 이미자 노래 45주년 무대의 막이 올랐습니다. 내 영혼이 노래가 되어 3일간의 공연을 성황리에 마칠 수 있었습니다.

저는 그 자리에 오신 모든 분들께 진심으로 감사를 드렸습니다. 저는 정말 조금도 거짓 없이, 마음의 가식 하나 없는 감사의 마음으로 공연에 임했습니다.

제가 이렇게 오래도록 많은 사랑을 받으며 영광스러운 무대에서 노래할 수 있는 것은 오직 팬들의 사랑과 성원이 있었기 때문입니다. 그러기에 많은 어르신들을 모시고 꿋꿋이 무대에서 열창할 수 있었으리라 생각합니다.

저는 언제나 어느 공연이나 한 치 소홀함 없이 충실하게, 그리고 열과 성의를 다해 노래하고 관객들을 대해야 한다는 마음가짐과 자세로 임했습니다. 감사한 마음을 이렇게라도 해서 보답하지 않으면 안 되겠다는 생각뿐이었습니다.

　그러면서 제가 앞으로 얼마나 더 이 고마운 분들을 모시고 공연을 할 수 있을까 생각했습니다.

　저는 늘 지금 하는 공연이 마지막 공연이라고 생각하면서 노래를 부릅니다. 그야말로 혼신의 힘을 다해 노래를 부릅니다. 조금의 후회도 남지 않도록.

　시간은 1년, 2년 또다시 흘러 주위의 모든 분들이 50주년 공연을 할 수 있다고 말했습니다. 하지만 저는 가당치도 않다고 생각했습니다.

　그러나 앞의 일을 누가 알 수 있을까요?

 동백아가씨

저는 공연이 아니더라도, 또 기념 음반이 아니더라도, 저를 사랑해 주시는 분들에게 글로라도 고마운 마음을 표현하고 싶었습니다. 그리하여 2009년에는 50주년 공연이 아니더라도 무엇인가를 남기고 싶었습니다.

그러나 글로 쓰려면 문장력, 표현력 이런 것들이 있어야 하는데 어렵고도 어렵습니다.

하지만 제 마음의 10분의 1, 100분의 1이라도 감사의 뜻을 전할 수 있다면 좋을 것이라 생각하면서 감히 용기를 내어 적어 보았습니다.

더욱이 올해 생각지도 못했던 50주년 기념공연까지 하게 되니 감사한 마음 금할 수 없습니다. 감사합니다.

2009년 3월
이미자

 차 례

감사의 글 • 4

내 삶의 이유 있음은 • 11

아, 시대는 이렇게 변해 가고 있구나 • 13

'말'이란 얼마나 중요하고 무서운 것인가 • 17

눈물바다가 된 연병장 • 21

불의의 사고 • 27

가슴 아픈 나의 금지곡 • 35

잊을 수 없는 겹치기 공연 • 45

눈물의 오프닝 가수 시절 • 53

60년대 선후배 간의 갈등? • 59

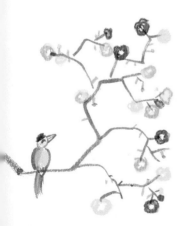

멋쟁이 현인 선생님과의 추억 • 67

박춘석-이미자 명콤비의 탄생 • 77

나는 '트로트의 여왕'이 아니다 • 83

첫 번째 디너쇼 • 93

22년 만에 해금된 〈동백 아가씨〉 • 103

꿈에 그리던 세종문화회관 무대에 서다 • 111

사라져 가는 우리 전통가요 • 121

마지막 잎새처럼 떠나간 벗, 배호 • 127

아름다운 섬, 흑산도와의 인연 • 133

천경자의 이미자론 • 144

나무는
나무일
뿐인가,

내 삶의 이유 있음은

이제 노을 길 밟으며 음~
나 홀로 걷다가 뒤돌아보니
인생길 구비마다 그리움만 고였어라
외롭고 고달픈 인생길이었지만
쓰라린 아픔 속에서도 산새는 울고
추운 겨울 눈밭 속에서도
동백꽃은 피었어라
나 슬픔 속에서도 살아갈 이유 있음은 음~
나 아픔 속에서도 살아갈 이유 있음은 음~
내 안에 가득 사랑이 내 안에 가득
노래가 있음이라

어두운 밤하늘에 별이 뜨듯이
나 사는 외로움 속에서도 들꽃은 피고
새들이 노래하는 푸른 숲도 의미 있으니
나 슬픔 속에서도 행복한 날이 있었고 음~
나 아픔 속에서도 당신이 거기 계시니 음~
내 안에 가득 사랑이 내 안에 가득
노래가 있음이라

아, 시대는 이렇게 변해 가고 있구나

1960년대 우리 가수들이 주로 노래를 불렀던 곳은
극장 무대였다. 1970년대 초까지만 해도 전국에 이러한
극장 무대가 제법 성행했다. 그곳에서 악극을 공연하기도
하고, 버라이어티쇼라 해서 연극, 코미디, 가수의 노래가
죽 이어지곤 했다. 지금처럼 한 사람의 콘서트가 열리는 무대가
아니었다. 더욱이 당시 극장 시설은 정말 형편이 없었다.
지금처럼 좌석 예약제가 있는 것도 아니어서
운 좋은 사람은 앉아서 보고 나머지는 전부 서서 보아야 했다.
그 때문에 앉아서 보는 사람들보다 서서 보는 사람들이 더 많았다.

또 봄이다 이요

그야말로 콩나물시루같이 사람들이 꽉 들어찬 탓에
발꿈치를 한껏 들고 고개를 쑥 내밀어야지만 간신히 볼 수 있었다.
그런데 그 고생을 하면서도 전국 어디서나 무대는 관객들로
만원이었다. 겨울에는 그래도 괜찮았지만, 여름에는 냉방이
안 되는 건 말할 것도 없고 시설이 너무도 열악하여
공연을 다 보고 나오는 사람들의 옷은 땀으로 범벅이 되기
일쑤였다. 그 땀냄새를 어떻게 견디었는지 지금 생각하면
호랑이 담배 피우던 시절 얘기만 같다.
그러다가 언제부터인가 TV가 보급되기 시작하면서
극장 무대가 하나 둘 사라져 가더니 70년대 후반, 80년대에
와서는 전멸하다시피 했다. 대신 나이트클럽이나
극장식 레스토랑이 생겨나면서 우리 가요인들의 주 무대도
그곳으로 바뀌기 시작했다. 그러니까 저녁 먹고 술 마시고
쇼를 볼 수 있는 곳이 우리들의 주 무대가 된 것이다.
그곳들은 온 가족이 와서 즐길 수 있는 곳이 아니었다.
연예인들은 가수고 코미디언이고 탤런트고 간에 조금만
인기 있으면 소위 말하는 밤무대가 주 공연장이 되었다.

인기가 좋은 사람들이야 여러 업소와 계약해서
겹치기 출연을 하지만, 나는 왠지 우리 연예인들이 점점
퇴보하는 것만 같아 서글퍼진다.
아, 시대는 이렇게 변해 가고 있구나.

동백아가씨

'말'이란 얼마나 중요하고 무서운 것인가

하루는 스케줄이 없어 집에서 쉬고 있는데 전화가 걸려왔다.

"여보세요, 이미자씨세요?"

어떤 낯선 남자의 음성이었다.

"이미자씨 계신가요?"

"네, 누구세요?"

"아, 이미자씨십니까?

아, 저는 누구누구입니다. 왜 모르시겠습니까?"

"네에……누구신지요?"

"아……저는 월남전 때 비둘기부대에서 본 OOO입니다.

물한잔
먹고가요
엄마
2009

아, 왜 이미자씨가 우리 부대에 와서 내 방에서 주무셨잖아요.”

“예?”

나는 깜짝 놀라서 말문이 콱 막혔다.

상대방의 말과 태도가 몹시 불쾌했다.

월남전 당시 우리 연예인들이 위문 공연을 가면 군부대에서
연예인들의 숙소를 마련해 주는데, 천막 안의 군용 침대는
우리 여성들로서는 불편함이 많았다.

그래서 장교들이 자신들의 숙소나 침실을 제공해 주곤 했는데,
아마도 나는 그분의 숙소에서 묵었던가 보다.

그런데 그분은 “아, ……내 방에서 주무셨잖아요” 하는 것이 아닌가.

옆에 누가 있어 아무것도 모르는 상태에서 그런 말을
들었다면 기가 막힐 일이 아니고 무엇이겠는가.

다행스러운 것은 우리 여성단원들은 혼자가 아니고
두 사람씩 함께 숙소를 사용했다는 것이다. 그러기에 망정이지
만약 혼자서 사용했다면 정말 어찌되었을까.

이런 일을 겪고 나니 말이라는 것이 얼마나 중요하고
무서운 것인가를 새삼 생각하게 된다.

말이라는 것은 정말 조심스럽게 해야겠다고 새삼 다짐한다.

1965. 참 대단했다, 세상의 모든 길들이 다 된 것 같았다. 2009 이니

눈물바다가 된 연병장

1965년 여름 어느 날, 청와대에서 뜻밖의 연락이 왔다.
당시 월남에 한국군을 파병한 지 얼마 되지 않았을 때였는데,
최초의 주월 한국군 부대인 비둘기부대로 연예인들이
위문 공연을 가야 한다는 것이었다.
그때 청와대에서는 연예인 누구누구를 보내라고 구체적으로
지명했던 것 같다. 그때의 멤버들을 보면 말단 무용수들과
가수는 위키리·유주용·이금희·나, 그리고 기억이 나지 않는
어느 가수가 있었고, 코미디언은 곽규석·구봉서 씨 등
모두 20명쯤 되었던 것 같다.

당시는 월남에 가면 어떻게 죽을지 모른다고 모두 가기 꺼릴
때였다. 하지만 우리 정해진 멤버들은 어떻든 가야만
하는 것으로 결정이 내려졌다. 매스컴에서는 이를 대서특필했다.
결정된 우리 멤버 전원은 청와대에 들어가 박정희 대통령에게
다녀오겠다는 인사 겸 만찬을 하고 나왔다. 청와대 비서관이
우리 일행을 직접 인솔하여 월남행 비행기에 올랐다.
나는 그때 외국에 처음 가보는 것이었고, 비행기 역시
처음 탔던 게 아니었나 싶다. 그때 탔던 비행기는 외국 항공사
소속이었는데 이름이 기억나진 않는다.
하여튼 홍콩으로 가서 어느 호텔에선가 하루 묵고 다음날
비행기를 다시 타고 베트남의 수도 사이공(하노이)에 도착했다.
이틀 걸려서 월남에 도착한 것이다.

사이공의 날씨는 찌는 듯이 더웠다.
우리 일행이 비둘기부대에 도착하자 군장병들이 뜨겁게
환영해 주었다. 우리를 맞아 주던 그 씩씩하고 늠름한 모습의
국군 아저씨들은 뜨거운 햇살 탓에 피부가 모두 검게 그을려 있었다.

동백아가씨

하나같이 반겨 주던 그 이글거리는 눈망울과 눈가에 눈물이 맺힌
모습은 내 평생 잊을 수 없는 기억의 한 자락일 것이다.

그때 내 노래 〈동백 아가씨〉의 인기는 정말 대단했다.
마침 이 노래는 비둘기부대의 사단가이기도 했다.
비둘기부대 최초의 사단장은 조문환 준장이었는데,
그분은 자신을 〈동백 아가씨〉의 열렬한 팬이라고 소개했다.
아침에 기상해서 식사 시간이 되면 스피커를 통해
흘러나오는 노래가 〈동백 아가씨〉였다. 혹 다른 음악이
나오면 금방 식당 담당 군인이 장교들에게 야단을 맞는다고 했다.
그만큼 〈동백 아가씨〉의 인기는 대단했다.

우리는 연병장에 가설무대를 설치하고는 공연을 시작했다.
나는 〈동백 아가씨〉를 열창했다. 연병장에 앉은 군인들도
목청이 터져라 같이 따라 불렀다. 어느새 연병장은
울음바다가 되고 말았다. 그렇게 씩씩하고 늠름한 젊은이들이
왜 울었을까. 군인들뿐만이 아니었다. 무대에 있던
우리 단원들의 얼굴도 모두 눈물범벅이 되었다.

졸립다,
0100
2009

지금도 그때를 생각하면 목이 메인다.

나는 무대에서 이렇게 얘기했다.

"저는 분명히 여러분을 위로하려고 이곳에 왔는데,
이건 여러분을 위로하는 게 아니고 오히려 여러분 마음을
더 아프고 슬프게 만들었네요"라고.

나는 정말 미안해서 어쩔 줄 몰랐다.

그러나 그들은 아니라고 했다. 고국에 대한 그리움과
공연단에 대한 반가움으로 마음놓고 울고, 목청껏
소리지르게 되었다고 했다. 그러면서 이렇게 소리를
지르고 나니 얼마나 후련한지 꽉 막혔던 가슴이 확 트이는
것 같아 오히려 시원하다고 했다.

정말 그랬던 것일까.

불의의 사고

비둘기부대에서 특별한 대우를 받으며 공연을 한 우리는
공연이 끝나자 다음 공연 장소를 향해 헬리콥터를 타고 갔다.
다음 장소는 붕타우 지역이었는데, 주월 한국군 부상병들이
있는 군 병원이었다. 그곳에 있던 부상병들과
군의관, 간호사들을 위로하기 위해서였다.
그런데 나는 여기서 불의의 자동차 사고로 그만 부상을 당하고
말았다. 한낮에 도착한 우리 일행은 샤워를 하고
깨끗한 옷으로 갈아입은 뒤 만찬 겸
환영 파티 장소로 가기 위해 차를 타야 했다.

다른 차들은 전부 지프였는데, 장교용 멋진 승용차가
한 대 있었다. 한 군인이 여자들 몇 명과 내게 그 차를
타라고 했다. 특별 대우를 내게 해준 것이었다.
나는 두 사람과 함께 그 차를 탔는데 그 여자 분들은
나보다 선배들이어서 뒷좌석에 타고 나는 운전석 옆,
그러니까 앞자리에 앉게 되었다.
우리 일행이 탄 차들 앞에 헌병 지프가 컨보이하며 몇 대가
가고, 다음으로 내가 탄 승용차가 따르고, 그 뒤로
또 지프 몇 대가 따라갔다.
얼마쯤 갔을까, 내가 탄 차가 갑자기 급브레이크를 밟았다.
순간 나는 앞으로 몸이 쏠리면서 유리창에 머리를 '꽝' 부딪고 말았다.
얼마나 세게 부딪쳤는지 금세 얼굴에서 피가 흘러내렸다.
앞뒤로 가던 우리 일행은 베트콩에게 저격당했다고 생각했는지
모두 얼굴이 사색이 되어 우왕좌왕했다고 한다.
이때 후라이보이 곽규석씨와 위키리(이한필)씨가 뛰어와
나를 안았던 기억이 난다. 다행히 병원이 가까이 있어
응급실로 금세 옮겨져 치료에 들어갔다.

동백아가씨

그런 와중에도 나는 정신을 잃지 않았다.

나중에 들은 얘기지만 피를 아주 많이 흘렸다고 한다.

얼굴에 유리 파편이 많이 박혔던 것이다.

정수리 부근과 눈 주위의 상처가 특히 심해 병원장이 직접

내 얼굴에 박힌 유리 파편을 하나하나 제거하여

겨우 병실로 옮길 수 있었다는 얘기를 나중에 들었다.

지금도 그때의 흉터가 얼굴에 남아 있다.

저녁 공연 시간은 점점 다가오는데 병실에 누워 있자니

무척 안타까웠다. 기대가 컸던 군인들은 막상 내가 누워 있으니

아쉬워도 직접 말은 못하고 다들 좀 어떠냐고

한 사람씩 돌아 가며 들여다보고 갔다.

그 얼굴들을 보니 아쉬워하는 표정이 역력했다.

공연 시간이 마침내 다가왔다. 나는 누워 있으니 정신도

또렷해지고 일어나 앉아 보니 아무렇지도 않은 것 같아

담당 장교들과 군의관에게 노래는 못 부르더라도

무대에 올라가 인사말이라도 할 수 있게 해달라고 부탁했다.

늘 미안하다,

그러자 그들은 깜짝 놀라며 지금 그럴 처지가 못 된다며
단호하게 거절했다. 출혈이 너무 심해 공연장에 가는 것은
무리라는 것이었다. 이런 얘기를 들으면서 나는 또 생각했다.
'이렇게 돌아갈 수는 없다. 이국땅에서 고국을 그리워하는
젊은 장병들을 그냥 지나칠 수는 없다'고.
나는 공연장에 꼭 가야겠다고 고집을 부리면서 인사라도
할 수 있게 해달라고 막무가내로 떼를 썼다.
내 청이 하도 간절했는지 담당 군의관이 마지못해
공연장에 가는 것을 허락했다. 여러 사람의 부축을 받아
마침내 무대 뒤에 도착했다. 조금 기운이 없고 어지러울 뿐,
그런대로 버틸 만했다. 그런데 가만히 앉아 있으려니까
갑자기 가슴이 답답해지면서 눈앞에 둥근 원이 그려지는가
싶더니 다시 그 원이 점점 좁아지는 것이었다.
'아, 내가 왜 이러지? 왜 그러지?' 하다가
나는 그만 정신을 잃고 말았다.
그 다음에 어떻게 되었는지는 아무것도 기억나지 않는데,
한참 있다가 어렴풋이 "미자야, 미자야……" 하는 소리가

멀리서 들려오는 듯하더니 정신이 들었다. 주변에 있던
많은 분들이 "아, 이제야 정신이 들었네" 하면서 나를 계속
부르는 소리가 들려왔다. 나는 바로 대답해야 한다고 생각하고
대답했던 것 같았는데, 소리가 말로 나왔는지는 잘 모르겠다.
그때 내 몸이 들것에 실리는 것 같았다. 그리고 앰뷸런스
문이 드르륵 열리더니 내 몸이 미끄러져 들어가는 소리와
앰뷸런스 문이 쾅 하고 닫히는 소리가 들려왔다.
이어 앰뷸런스가 쌩쌩 달리는 것을 느끼며
'아, 이제 나는 죽는구나. 이게 죽는 거구나' 하고 생각을 했다.
지금도 그때의 느낌을 잊을 수가 없다.

우리 일행은 공연 다음날 하루를 쉬고 귀국길에 올랐다.
그때 병원 관계자들은 내게 일행과 같이 떠날 수 없다고
말했다. 지금 움직이는 것은 절대 무리라는 것이었다.
하지만 나는 혼자만 그곳에 남아 있을 수가 없었다.
가다가 죽더라도 같이 가겠다며 완강히 고집했다.
할 수 없었던지 병원에서는 상처에 바를 약과 상비약을

준비해 주고 영양제를 놓아 주었다. 그런 과정을 거치고야
나는 겨우 일행과 같이 출발할 수 있었다.
우리 일행은 무사히 귀국한 뒤 다시 청와대에 들어가
귀국 보고 겸 박정희 대통령에게 인사를 드리는 것으로
첫 번째 월남 공연을 마쳤다.
그런데 그 이듬해부터 주월한국군 사령부가 정식으로
주둔하게 되면서 나는 매년 월남 위문 공연을 가야 했다.
9월 25일 사령부 기념일에 맞춰 꼭 그곳에 가야 했던 것이다.
이유는 장병들이 내가 오기를 간절히 원하기 때문이라고 했다.
공연에 이미자가 반드시 와야 한다는 것이었다.
나는 고생스럽지만 기꺼이 그들의 요청을 따랐다.
공연 때마다 앙코르가 그치지 않아 끝도 없이 노래를 부르다가
지치면 사단장이 직접 무대에 올라와 명령으로
앙코르를 진정시켰다. 이미자씨가 쓰러지거나 아프면
다음 공연 장소로 이동할 수 없다면서…….
장병들의 열화와 같은 성원과 박수, 앙코르를 제지하지 않으면
안 될 정도로 나를 사랑해 주신 까닭에 나는 몸둘 바를 몰랐다.

그래서 해마다 계속되는 공연이었지만 도저히 가지 않을
수가 없었다. 해가 거듭되던 차에 베트남의 티우 대통령이
한국을 방문했다. 티우 대통령이 방한했을 때 몇 분 장성에게
국가 훈장을 주는 훈장 수여식이 있었는데, 연예인인 내가
유일하게 여성으로서 훈장 수여식 명단에 올랐다.
참으로 영광스러운 일이 아닐 수 없었다.
지금도 내 서재에는 그때 베트남 대통령에게 받은 훈장과
베트남전쟁 기간에 받은 여러 개의 훈장과 포장,
상장과 트로피, 감사패 등이 보관되어 있다.

가슴 아픈 나의 금지곡

가끔 "이미자씨는 그 많은 노래를 부르셨는데 그 중에서
어떤 곡을 제일 좋아하십니까?"라는 질문을 받는다.
그럴 때마다 나는 다른 히트곡들도 많이 있지만 그 중에서도
〈동백 아가씨〉, 〈기러기 아빠〉, 〈섬마을 선생님〉을
꼽을 수 있다고 대답한다.
1964년 〈동백 아가씨〉는 나오자마자 크게 히트했다.
그런데 어느 날 갑자기 이 곡이 금지곡이 되었다며 부르지
말라는 통지가 왔다. 1967년 〈섬마을 선생님〉 역시
크게 히트했는데 얼마 가지 않아 금지곡이 되었다.

또한 1969년 〈기러기 아빠〉도 크게 히트했지만 그 노래 역시
금지곡으로 묶이고 말았다. 뿐만 아니라 다른 준히트곡들까지
내가 부른 곡들은 조금만 알려지면 그냥 금지곡이 되었다.
〈동백 아가씨〉는 왜색, 〈섬마을 선생님〉은 표절,
〈기러기 아빠〉는 비탄조라는 것이 금지 사유였다.
너무나 기가 막히고 어이가 없어 어찌해야 할지 몰랐다.
또한 견디기가 몹시 힘들었다.

맨 처음 〈동백 아가씨〉가 금지곡으로 되었을 때는
그래도 내 몸이 너무 바쁘고 또한 취입한 곡들이 부르는 대로
히트를 하는 편인 데다 방송, 공연, 레코드 취입 작업 등으로
눈코 뜰 새가 전혀 없어 생각할 겨를도 없었거니와,
나이도 너무 어려서 이런 일에 스스로 어떤 판단을 내릴 계제가
못 되었다. 잠시 서운하다는 마음이 들었지만 정신없이
바빴던 탓에 시간은 쏜살같이 흘러 쉽게 잊혀졌다.
하지만 잠시라도 틈이 나거나 상념에 잠길 여유가 생기면
〈섬마을 선생님〉, 〈기러기 아빠〉 모두 금지곡 결정을 내린 것은

정부에서 이제 나보고 노래를 부르지 말라는 게 아닌가
하는 생각이 들어 미칠 것만 같았다. 그래도 내 곁에는 항상
나를 아껴 주고 사랑해 주는 팬들이 있어 그나마 위로가 되었다.
전국 공연장에서 무대에 서기만 하면 뜨거운 성원과
열렬한 박수갈채를 보내주던 분들을 보면 분노가 어느새
사그라들어 나도 모르게 목청껏 노래를 부르고 있었다.
물론 무대에서는 청중들이 원하면 금지곡도 기꺼이 불렀다.
그리고 비록 금지곡은 되었지만 레코드판은 여전히
잘 나가고 있었다. 방송에서 전파만 타지 않으면 되니까
나는 목청이 터져라 불렀다.
하지만 그것도 얼마 오래가지 않았다. 방송은 물론이고
레코드 음반 제작까지 모두 금지시켜 버렸던 것이다.
이렇게 되니 레코드를 구입하고자 하는 분들이 어떻게 하면
판을 구할 수 있는지 너도나도 물어 왔다.
정말 기가 막히는 상황이었다. 더욱 안타까운 것은
우리나라에 살고 있는 친지가 외국에 사는 분들께 보내
드리려는 경우나, 고국을 잠깐 방문했다가 다시 외국으로

나가는 분들이 레코드를 구할 수 없느냐고 물어 올 때였다.

그때는 너무나 죄송스러워서 정말이지 몸둘 바를 몰랐다.

왜 이 곡들이 금지되었는지 주변 사람들이나 기자들에게 물어 봐도

다들 자기들도 뚜렷한 이유를 잘 모르겠다는 대답뿐이었다.

세월이 한참 흐른 후에 든 생각이지만, 그 당시에는 방송사에

방송위원(방송윤리위원)이 있었는데 그분들 입김이 보통

센 게 아니었다. 그때까지만 해도 위에서 누르면

모든 게 어쩔 수 없었던 시절이었다. 귀에 걸면 귀고리,

코에 걸면 코걸이 식의 시대였기 때문이었으리라.

이유는 무슨……

그래서 내가 소속되어 있지 않은 다른 레코드사의 경쟁심

때문이라고 생각한다고 겨우 답변하곤 했다. 그도 그럴 것이

내 음반은 출시되는 족족 모두 히트를 쳤는데, 당시에는

레코드판을 한 장 한 장 일일이 손으로 구워내던 때라

하루에 몇백 장 정도밖에 만들 수가 없었다.

그 때문에 히트곡 음반을 구하기가 힘들었다. 특약점에만

몇십 장 내주었고, 소매점에는 겨우 열 장 미만으로

배분하다 보니, 시민들이 히트곡 판을 사려면 다른 레코드도
몇 장 더 사야 했다고 한다. 일종의 끼워팔기였던 셈이다.
이런 지경이었으니 다른 회사들이 어떻든 이 히트 열기에
찬물을 끼얹어야만 했을 것이다.
나는 기자들의 질문에 답할 때마다 어찌되었건 다른 회사들에
의해 이런 결과가 나왔을 것이라고 했는데,
지금 생각하면 그 답변이 맞는지 잘 모르겠다.

그런데 이런 일이 왕왕 벌어졌지만, 기막히고 우스운 것은
한국의 '윗분' 들은 내 곡이 금지곡인지조차 모르고 있다는
것이었다. 어느 날 박정희 대통령이 주관하는 청와대
귀빈 만찬 연회에 갔을 때였다. 당시 나는 만찬이나 연회
출연 제의를 받고 영빈관에 들어가는 일이 많았다.
1970년대 초반으로 기억하는데, 당시 일본의 후쿠다 수상
내외가 방한하여 만찬이 열렸을 때였다.
박 대통령은 내게 〈동백 아가씨〉를 꼭 불러 달라는 청을 했다.
나는 〈동백 아가씨〉를 열창했다.

🌺 동백아가씨

그곳에 계신 귀빈들은 내게 모두 큰 박수를 보내 주었다.
그렇다면 그곳에 계신 분들은 〈동백 아가씨〉가
금지곡이라는 것을 모르고 있었다는 증거가 아닐까.
나는 참으로 어이가 없었다.
그래서 다른 레코드 회사들이 운영에 어려움을 겪다 보니
내 노래를 금지곡으로 만든 것이 아니었을까 하는
결론에 이르게 된 것이다.

●
●
●

헤일 수 없이 수많은 밤을
내 가슴 도려내는 아픔에 겨워
얼마나 울었던가

가을 달 아래서 …
나는 신파를 좋아한다.

잊을 수 없는 겹치기 공연

1960년대 후반이라 생각되는데, 당시 나는 항상 공연장으로,
방송국으로 너무도 바쁘게 뛰어다녔다.
자동차가 나의 집이라고 해도 과언이 아니었다.
그저 집은 밤늦게 들어가 잠만 자는 곳밖에는 안 되었다.
그때만 해도 가수들의 주무대는 극장이었다. 그리고 요즘처럼
개인이 혼자 하는 콘서트가 아니라 여러 사람이 버라이어티식으로
함께 무대를 이끌어갔다. 가수가 노래하고, 사회자와
무용수가 있으면서 군무도 펼쳐지고, 솔로 무용도 있는
그야말로 다양한 공연이 펼쳐졌다.

당시 서울에서는 시민회관(지금의 세종문화회관)이
가장 큰 무대였다. 물론 그곳 말고도 서울 시내 변두리에
극장들이 많았다. 을지로에는 국도극장이 있었는데
아쉽게도 몇 년 전에 철거되었다.
그 무렵 나는 변두리 극장 네 곳을 하루에 출연해야 했다.
그때는 주말만 되면 서울 시내 극장에서 쇼 공연을 많이 했는데,
인기 절정이었던 나는 몇 군데 공연장이든 나를 필요로
하는 곳에는 시간을 쪼개어 할 수 있는 데까지 출연할 수밖에 없었다.

지금은 공연 시간이 하루에 한 번, 많아야 두 번밖에 안 되지만
그때는 하루에 네 번이나 했다. 첫 회 낮 12시 30분에 시작해서
오후 3시, 6시, 그리고 마지막 공연이 8시에 있었다.
그렇다 보니 하루에 16회나 공연을 해야 했다.
지금은 상상도 할 수 없는 일이지만, 그때는 자동차가
시내에 얼마 다니지 않을 때라서 가능했던 일이라는 생각이 든다.
자가용을 갖고 있는 사람이 거의 없어 차가 막히지 않아
여러 곳에 겹치기 공연을 할 수 있었던 것이리라.

동백아가씨

당시의 내 스케줄은 예를 들면 금호동, 신설동, 종로 2가,

그리고 영등포에서 공연한다고 했을 때 1회는 금호동 극장에서

12시 30분 정각에 막이 오르면 제일 먼저 소개받아

히트곡 3곡을 부르고 퇴장하는 식이었다.

한 곡만 더 불러도 다음 공연 시간을 맞출 수 없었다.

바삐 나와 차를 타고 다음 두 번째 공연을 할 신설동

극장으로 이동해야 했다. 두 번째에서 자칫 시간을 놓치면

네 곳 공연 시간이 전부 흔들리게 되어 결국 한 곳에서는

펑크가 나게 된다. 그래서 극장 앞에는 입구에 항상 한 사람이

대기하고 있다가 내가 극장 앞에 도착하는 것을 보는 즉시

무대로 달려가 사회자에게 이미자가 도착했다는 것을

알려 주곤 했다. 뿐만이 아니다.

사회자는 항상 무대 옆을 보아 가면서 공연을 진행해야 했다.

만약 도착 즉시 소개를 못해 한 곡이라도 늦게 소개하면

나는 그곳을 포기하고 다음 공연장으로 달려가야만 했기 때문이다.

시간을 맞추려면 어쩔 수가 없었다. 그래서 사회자로서도

보통 신경 쓰이는 일이 아니었을 것이다.

오늘도,
알수없는
노랠 부른다 이비
2009

이런 식으로 다음은 종로, 그리고 마지막 영등포 공연이
끝나야 그날 하루 일과가 마무리되었다.
어느 날은 거꾸로 영등포에서 시작해 종로, 신설동, 금호동까지
급박하게 하루를 보낼 때도 있었다. 도중에 30분 정도 쉬는
시간이 있을 뿐, 맨날 이런 식으로 시간은 흘러갔다.
지금도 그때를 생각하면 잘 상상이 가지 않는다.
아침에 일어나 대충 아침밥이라고 먹는 둥 마는 둥 하고
나와서 계속 공연장을 돌아야 했기에 점심은 늘 차 안에서
김밥이나 주먹밥같이 간단한 것으로 해결할 수밖에 없었다.
그때 내 차는 검은색 지프였는데, 자가용이 흔치 않던 시절이라
이런 차를 타고 다닌다는 사실에 자랑스럽고 흐뭇해서
우쭐거리며 다녔던 것 같다. 하지만 자동차에 에어컨을
다는 것은 상상도 할 수 없었던 때라 한여름에 더위와 땀을
식히려면 차 안에 큰 물통을 준비해서 그 안에 얼음덩어리를
사서 넣고 그 얼음 위에 수건을 몇 개 올려놓았다가
그 수건으로 얼굴과 몸을 교대로 닦아야만 했다.
그야말로 한 손으로는 땀을 닦고, 다른 한 손으로는

김밥이나 주먹밥을 먹어 가며 이 무대 저 무대로 옮겨 가며
정신없이 일했던 시절이었다.
지금 생각하면 어떻게 그렇게 지낼 수 있었을까 싶다.

한번은 차 안에서 점심을 먹고 입 안에 음식 냄새가 나는 것을
방지하려고 껌을 씹었는데 무대에 올라가기 전에 뱉는
것을 그만 잊어버리고 말았다. 사회자의 소개말이 끝나자
바로 무대에 올라 악단의 반주에 맞춰 노래를 부르려던 순간,
정말 난처하기 이를 데 없는 일이 벌어졌다.
입 안에 껌이 그대로 있다는 사실을 그제야 깨달은 것이다.
객석에 앉아 있는 관객들의 시선이 오로지 내게 모아져
있던 터라 껌을 그냥 뱉을 수도 없었다.
나는 어쩔 수 없이 입 안에 껌이 있는 채로 노래를 불러야 했다.
그렇다 보니 한 소절 부르고 호흡하고 또 한 소절 부르고
호흡할 때마다 입 안의 껌이 조금씩조금씩 목구멍 깊이
들어가는 것이었다. 숨을 한 번씩 들이마실 때마다
목구멍 속으로 들어가던 껌이 결국 다 넘어가는 순간,

나는 그만 '꽥' 소리를 내며 도중에 노래를 중단할 수밖에 없는
지경에 이르고 말았다. 그야말로 난처한 상황이
벌어지고 만 것이다. 나는 노래를 부르고 있던 중이라
어쩔 줄 몰랐다. 부끄럽고 민망하기 이를 데 없었다.
객석의 관중들은 물론이고 무대에 있는 악단 연주자들과
사회자가 모두 놀라서 어쩔 줄 모르다가 나중에 사정을
알고는 모두 박장대소했다. 이렇게 기가 막힌 일도 있었지만,
젊음이란 그토록 말도 되지 않는 스케줄에 일요일도 없이
매일 온몸이 부서져라 일을 하고 피곤에 찌들어 있어도
다음날 되면 언제 그랬냐는 듯 나를 거뜬하게 일으켜 세웠다.
젊음이란 그렇듯 좋은 것이다.

울고 싶을때 우는건 그래도 행복하다   이보
2009

눈물의 오프닝 가수 시절

1960년대 초였던 것 같다. 〈열아홉 순정〉으로 데뷔한
직후였으니까 오프닝 가수 시절이었을 것이다.
〈열아홉 순정〉이 알려지면서 나는 연예인들 사이에서
촉망받는 가수라는 칭찬을 들었다.
당시는 모든 국민이 정말 가난하던 때였다.
텔레비전도 없을 때라서 쇼 무대가 우리의 주 일터였다.
라디오 방송에서 활약할 수 있는 가수는 주로 인기 있는
가수들뿐이었다. 그런데 나 역시 라디오 방송에 나갔으니
좀 알려진 축에 속하는 신인 가수였던 셈이다.

내, 묘지
2009 이ㅅ

하지만 극장 쇼 무대에 뽑혀야만 어려운 생활에 조금이라도
보탬이 될 수 있는 그런 처지였다. 집에 전화가 있을 리
없었던 때라 스케줄을 잡으려면 쇼 기획자, 스태프, 가수,
코미디언, 무용수, 악단들이 모두 다 모이는 곳으로
가야만 했는데, 을지로 3가와 퇴계로 3가 사이에 있던
스카라 극장이 바로 그 중심지였다.
당시 스카라 극장 건너편에 있는 모나미 다방의 주인은
선배 가수이신 신카나리아 선생님이었다. 그 주위로 당구장과
미용실을 비롯해 여러 상점들이 있었는데, 그 동네에서
모든 연예인들의 하루 스케줄이 잡혀 공연이 이루어지곤 했다.
그래서 많은 연예인들이 아침만 되면 그곳으로 나왔다.
나 역시 아침에 일어나면 직장에 나가듯 매일
그곳으로 출근하듯 나갔다.

어느 날, 마침내 공연 일이 들어왔다.
몇 월 며칠 남대문 시장에 있는 자유극장에 출연하라는 것이었다.
이른바 오프닝 가수로 계약한 것이었다.

그런데 공교롭게도 공연 전날밤에 그만 탈이 나고 말았다.
밤새도록 토사곽란에 시달리느라 밤을 꼬박 새우다시피 하다 보니
어느 새 날이 밝았다. 입맛이 있을 리 없어 하나도 먹을 수 없고,
기운을 차릴 수도 없어 일어났다 주저앉기를 몇 번이나
되풀이한 끝에 간신히 이를 악물고 약속한 공연장으로
가려고 일어났다.

그때 내가 살던 집은 수유리 산속에 있었는데, 차를 타려면
집에서 한 20분쯤 논두렁길을 걸어 나가야 버스 종점이 나왔다.
버스를 간신히 타고 남대문 자유극장 앞에 막 도착했을 때
낮 12시를 알리는 사이렌이 불었다.
당시에는 낮 12시와 밤 12시에 두 차례 사이렌이 불었는데,
밤 12시에 부는 사이렌은 통행금지 사이렌이었다.
공연은 낮 12시, 3시, 6시, 8시 이렇게 하루 네 차례 하기로
되어 있었다. 신인 가수였던 나는 막이 오르면 바로 무대에
나가게 되어 있었다. 그런데 바로 나가야 할 사람이 시간이 되어도
나타나지 않으니 쇼 단장은 서슬이 시퍼래져 있었다.

나는 단장의 기세에 너무도 기가 질려서 아픈 것도 다 잊은 채
단장 앞에 머리를 조아리고 섰다.

무서워서 죄송하다는 말조차 나오지 않았다.

"야 ○○○아, 지금이 몇 시야?"

너무도 서럽고 아프고 무서워서 어찌해야 좋을지 몰랐다.

일단 분장실로 들어가니 이미 무대에는 다른 가수가
부랴부랴 준비를 해 올라간 뒤였다. 나 대신 먼저 무대에
올라간 가수는 같은 무명 가수였지만 나보다는 선배였다.

그는 자기 순서를 마치고 내려오자 내게 눈총을 주며
호되게 야단을 쳤다. 후배인 내가 당연히 먼저 나갔어야 했는데
자기가, 그것도 급히 먼저 하게 됐으니까 못마땅하고
화가 났던 것이다. 나는 기운이 하나도 없어 손가락 하나
까딱할 수 없을 정도였지만, 그래도 얼굴에 대충 화장품을 찍어
바르고 무대에 올라갔다. 어떻게 노래를 불렀는지
잘 모르겠지만, 하여간 무대에서 내려와 그대로 드러누웠다가
하루 4회 공연을 간신히 마치고 집으로 돌아왔다.

그 다음날은 일찍부터 준비하고 공연 30분 전에 도착하여

무사히 공연을 마쳤지만, 그날 출연료는 받지 못했다.
당시 하루 출연료는 3000원이었는데 이틀 출연하고도
하루 출연료 3000원은 받지 못했던 것이다. 왜 안 주느냐고
묻지도 못하고 서러움에 복받쳐서 흐느끼며
터덜터덜 집으로 돌아오면서 '꼭 성공해야지' 하고
마음속으로 다짐했던 기억이 난다.

동백아가씨

60년대 선후배 간의 갈등?

1960년대 어느 해였을까, 그리 춥지도 덥지도 않은 계절이었던
것 같다. 지금이야 고급 호텔들이 많이 들어서 지방 공연을
가면 최소한 장급 모텔에 묵곤 하지만, 내가 신인 가수였던
그 시절엔 거의 여관밖에 없어 우리 공연단 일행은
지방에 내려가면 여관에 들었다. 당시에는 대부분의 여관에
세면 시설이 별도로 갖춰져 있지 않았다. 여관 마당 한복판에
수도가 있거나, 아니면 펌프로 눌러서 물을 받아 써야 했다.
그렇지 않으면 두레박으로 우물물을 퍼올려서 써야 했는데,
그 곁에는 널빤지나 시멘트로 세면대를 만들어 놓았다.

또, 봄이 온다
이쁨
2009

지금 젊은 사람들은 이런 얘기를 하면 너무도 이상하게
들리겠지만, 그 시절 우리들의 삶은 그랬다. 그나마 조금 괜찮은
여관은 세면대를 시멘트로 만들어 놓아 좀 더 편리했지만,
화장실은 마당 뒤쪽이나 아니면 문 밖으로 나가서 있는 곳이 많았다.

그때도 나는 한 업체와의 장기공연 계약으로 어느 지방엔가
가서 공연을 마치고 일행과 함께 여관에 투숙을 했다.
다른 선배들이 세수와 빨래를 다 마치고 각자 자기 방으로
들어간 것을 기다렸다가 맨 나중에서야 내 차례다 싶어
세수하고 선배 언니의 양말 같은 작은 빨래까지 한 다음
드디어 내 방으로 들어왔을 때였다.
막 누우려는데 옆방에서 코미디를 하는 선배 언니가
"미자야!" 하고 부르는 것이었다.
나는 "네" 하고 대답하며 얼른 일어나 옆방 언니에게로 달려갔다.
"언니 부르셨어요?" 하고 방문을 열고 들어가니
그 언니는 드러누워 있는 자세로
"미자야, 여기 와서 내 머리 좀 긁어라" 하는 것이었다.

나는 조금 놀랐지만 "네" 하고 대답하곤

그 언니 머리맡에 앉아 머리를 긁어 주기 시작했다.

차라리 팔이나 다리를 주무르라고 하면 그것은 이해가 가고

또 그럴 수 있는 일이라고 생각하겠지만,

머리를 긁으라는 데는 너무도 놀라고 어이가 없었다.

또 불결한 생각이 들어 너무나 속이 상했다.

하지만 어쩌랴. 꼼짝없이 그 언니 머리맡에 무릎을 꿇고 앉아

계속 머리를 긁어 주어야 했다.

"이제 그만 해라"는 명령을 기다리며 계속 머리를 긁어

주었지만 그 언니는 좀체 그만 하라는 얘기를 하지 않았다.

얼마쯤을 긁었을까. 시간이 얼마나 흘렀는지 모르겠지만

그 언니는 거의 잠이 들 때까지 긁게 하더니

한참 후에야 "이제 그만 하고 가서 자거라" 하는 것이었다.

나는 "네" 하고 일어나 "안녕히 주무세요" 인사하고는

밖으로 나와 세면대로 가서는 물을 받아 손을 빡빡 씻었다.

나도 모르게 눈에서 눈물이 마구 쏟아져 내렸다.

방 안으로 들어가니 나와 같은 방에 묵었던 언니가

"아니, 어쩌면 여태까지 너더러 머리 긁으라고 하던?
여지껏?" 하며 내 표정을 보더니 "너 울었구나" 하는 것이었다.
하기야 한참을 울었으니 얼굴 표정이나 눈에서 운 티가
금방 나타났을 것이다. 그 언니는
"어쩌겠니? 할 수 없지, 참아야지" 하고 위로하며
내 등을 다독여 주었다.

그 뒤로 오랜 세월이 흘렀지만 지금도 그 언니가 잊혀지지 않는다.
그 지방 공연이 다 끝날 때까지 거의 매일 밤 나는 무릎을 꿇고
그 언니 머리 긁어 주는 일을 반복해야 했던 것이다.
그때의 내 마음은 많이많이 싫었나 보다.
가끔씩 내가 지나온 일들을 생각하는데 그 생각이 아직도
가장 많이 나는 것을 보면.
지금 이 시대의 후배들은 상상이나 할 수 있을까?

아름다움이라는 흉헝용사

●
●
◍

바람이 스쳐도 울렁
어둠이 길어도 울렁
수줍은 열아홉 살
움트는 첫사랑

멋쟁이 현인 선생님과의 추억

현인 선생님께서 타계하셨다.

세월이 흐르면 다 가야 하는 것이 인생이지만

그래도 이런 보물 같은 분들은 나이를 먹지도 말고,

돌아가시지도 않으면 안 되는 것일까.

한 분 두 분 이렇게 다 떠나야만 하는 것일까.

부질없는 생각이겠지만 너무도 아쉬워서, 안타까워서 하는 말이다.

내게 현인 선생님은 큰 추억이 남아 있는 분이다.

1960년대 초반으로 기억된다.

내가 〈열아홉 순정〉이라는 곡으로 막 데뷔해서 얼마 안 되었을 때다.

당시 현인 선생님은 그야말로 인기 절정의 가수였다.
나오는 곡마다 대히트를 했으며, 젊고 잘생기고 멋있는 데다
인품까지 갖춘 스타 중의 스타였다.
물론 남인수 선생님도 대단한 인기를 누리고 있었는데,
누구의 인기가 더 높으냐를 가릴 수 없을 정도로
두 분은 쌍벽을 이루었다.
당시 현인 선생님은 가수분과위원회 회장을 맡고 계셨는데,
당신이 공연단체를 만들어 직접 기획 · 제작한
전국투어(지방공연)을 하게 되었다.
그때는 공연 단체가 만들어지면 서울에서부터 하든지,
아니면 지방에서부터 하든지 간에 장기공연 계약을 맺었다.
공연은 보통 한 달에서 40일, 짧아야 2주 정도 걸렸다.
나는 현인 선생님이 단장이시고 윤일로씨(이분도
당시 〈기타부기〉라는 곡으로 큰 인기를 끌었던 분이다)가
주축이 된 장기공연 단체의 신인 가수로 발탁되었다.
너무나도 어렵고 두렵고 존경하는 선배님과 선생님께서
당신 단체에 나를 선택해 준 것에 나는 기쁨 반,

두려움 반으로 덜컥 하겠다고 약속을 하였다.

그런데 집에 와서 지방 공연에 필요한 의상이며 화장품 등을
준비하다 보니 너무나 걱정스러웠다. 생전 집을 떠나
본 적이 없었기 때문에 그만 겁이 덜컥 나는 것이었다.
과연 내가 집을 떠나서 몇 날 며칠 동안이나 장기공연을
할 수 있을까? 과연 잘 견뎌낼 수 있을까?
그때만 해도 모든 것이 열악해 지금처럼 가까운 곳,
먼 곳 할 것 없이 하루에 공연을 끝내고 돌아올 수 있는
상황이 아니었다. 전화 역시 부유층이나 공기업,
특수한 곳에서만 사용하고 있어 개인집에 전화가 있다면
여간 잘사는 집이 아니라고 생각하는 그런 어려운 시대였다.
그렇기에 한번 장기공연을 나가면 연락할 방법도 쉽지 않았다.
오로지 편지하는 것밖에는 연락조차 할 수 없는 때였으니
처음 집을 떠나는 나로서는 두렵고 걱정스러울 수밖에 없었다.
어떻든 그런 두려움 속에 나의 첫 지방 공연은 시작되었다.
첫 번째 공연 장소가 어디였는지는 기억나지 않지만
아주 추운 겨울이었다.

옛날에
나무 한그루
있었다
2008. 0000

대절한 버스에 악단과 무용수, 그리고 가수와 사회자 등
한 30명 정도가 타고 지방으로 출발하였다.
우리는 극장에 도착하자마자 분장실을 찾아들어갔다.
분장실은 무대 옆 자그마한 공간에 있어 협소하기
짝이 없었는데, 그곳에 의자 몇 개 갖다 놓은 게 전부였다.
그 의자라는 것도 지금처럼 편안한 소파 같은 것이 아니고,
널빤지를 길게 잘라서 못으로 대강 두드려 박은 다음
네 모서리에 다리를 만들어 걸터앉을 수 있게 만든 긴 의자가
고작이었다. 날씨가 몹시 추운 탓에 그 좁은 공간 가운데에
난로를 피워 놓았는데, 난로라는 것도 드럼통을 반 정도
잘라서 만든 것이었다. 난로 안에는 장작인지 각목인지
모르겠지만 불을 피워 놓아 일행은 동그라니 둘러앉아 교대로
몸을 녹였다. 그러나 그조차도 내게는 차례가 오지 않았다.
몹시 추웠지만 한쪽 구석에 있는 의자 하나가 내게
주어진 몫이었다. 나는 감히 그 동그랗게 둘러앉은 분들
사이에 끼어 앉을 수 있는 처지가 아니었던 것이다.
나는 두렵고 우선 추워서 고생스러웠다. 또 모든 것이 낯설었다.

사람들과 공동생활을 하는 것이 처음이라 어찌해야 할지 몰랐다.
더군다나 단원들 중에서 내가 제일 어린 탓에 행동거지 또한
여간 어려운 것이 아니었다. 모든 사람이 선배이고
윗분들이라 매사 조심스러웠다. 분장실도 말이 분장실이지,
그 좁은 공간에서 난로라고 드럼통에다 불을 피우다 보니
연기와 검은 그을음이 피어올라 무대에 나가기 전에
얼굴 화장을 고치려고 화장 수건으로 얼굴을 닦으면
수건에 새까만 그을음이 묻어나왔다.
게다가 분장실로 가려면 공중화장실을 거쳐야만 가게
되어 있어 여간 곤혹스러운 것이 아니었다.
당시에는 한쪽 무대 옆에 여자 화장실, 또 다른 한쪽에
남자 화장실이 있는 극장이 많았는데, 남자 화장실을 지나
분장실을 들어갈 수밖에 없는 곳은 남자 단원들은 괜찮지만
여자 단원들은 여간 곤란하지 않았던 것이다.
물론 반대일 경우도 있었는데, 남자가 여자 화장실을
지나가는 것은 그래도 여자가 남자 화장실을 지나가는
것보다는 훨씬 나았다. 여자들은 문을 닫고 용변을 보니

동백아가씨

얼른 지나치면 되지만, 남자들은 그렇지 않으니 여자 단원들이
얼마나 곤혹스러웠을지는 말로 굳이 설명할 필요가 없을 것이다.
나는 첫 지방 공연이라 두려움 반, 기쁨 반, 호기심 반으로
약속을 했지만 막상 와보니 그냥 되돌아가고 싶어서
견딜 수가 없었다. 장기공연이었지만 결국 나는
한 3~4일 버티었던 것 같다. 너무나 고생스러워서
마침내 서울로 돌아가기로 결심을 하고 말았다.
어느 날 낮 공연을 마치고 저녁 공연을 하려면 몇 시간 여유가
있었을 때였는데, 버스인지 기차인지 기억나지 않지만
차를 타고 그만 서울로 도망오고 말았던 것이다.

문제는 그 다음이었다.
계약을 어기고 관객과 약속한 공연을 아무 말 없이
펑크 내고 도망쳤으니 그 다음은 말 안 해도 알 만한 일이었다.
더욱이 그 단체는 현인 선생님이 만드신 단체였다.
당시 가수분과위원장이기도 하셨던 선생님은 화가
머리끝까지 나서는 당장 가수분과에서 나를 제명시키고

앞으로 가수 노릇 못하게 하겠다고 난리난리 치셨다고 한다.
그도 그럴 것이 이제 갓 데뷔한 신인 초년생이 계약을 어기고
아무 말 없이 도망쳤으니 어떠한 조치를 내리더라도
변명의 여지가 없는 것이었다. 정말 큰일이 난 것이었다.
나는 어린 마음에 일을 저질러 놓고 너무도 겁이 나서
어찌할 바를 몰랐다. 금방이라도 어떻게 될 것만 같았다.
나는 현인 선생님의 말씀을 전해 준 분에게
"제가 잘못했으니 어떻게 하면 용서를 받을 수 있겠냐"고 물으며
애원을 하였다. 몇 차례 얘기가 오간 끝에 그분이 말씀하기를
"다시 다음 공연 장소로 내려오면 용서해 주라고
겨우 약속을 받았다"는 것이었다.
나는 할 수 없이 다음 공연 장소로 내려갔다.
무섭고 두려운 선생님을 어찌 뵈어야 할지 걱정이 태산 같았다.
그러나 걱정하고 두려워했던 것과는 달리 선생님은
한마디 야단도 안 치시고 부드럽게 나를 맞아 주셨다.
나는 안도의 한숨을 내쉬며 감사해했다.
그 후로도 고생스러웠지만 나는 하루하루 지방 공연에

익숙해져 갔다. 지금 생각해 보면 그렇게 잘못했는데도
용서해 주신 것은 왜일까?
촉망받는 신인 가수여서였을까.
아마도 선배님들이 인정해 주는
신인 가수여서가 아니었을까 하는 생각을 해본다.

그렇게 나에게 무서움과 두려움, 부드러움의
기억과 추억을 남겨주신 선생님.
40여 년 동안 무척이나 자상하게 대해 주셨던 선생님.
그런 선생님이 지금 하늘나라로 가셨다.
물론 다른 선배님들도 많이 떠나셨다.
그러나 현인 선생님, 그분은 내게 잊혀지지 않는
추억을 남겨주어서인지 가신 것이
너무도 허무하고 늘 생각이 난다.

아침에 눈을 뜨면
나는, 늘 미안하다
2009

박춘석-이미자 명콤비의 탄생

1965년이었을 것이다.

〈동백 아가씨〉가 크게 히트하여 눈코뜰새 없이 바빴던 때였다.

어느 날 박춘석 선생님에게서 연락이 왔다.

나는 깜짝 놀랐다. 그도 그럴 것이 당시 박춘석 선생님의

명성은 정말 대단했기 때문이다. 감히 나로서는 상상도

할 수 없었던 박춘석 선생님한테 연락이 오다니…….

박춘석 선생님의 명성과 인기는 내가 군이 설명하지 않아도

알 만한 사람은 다 알 것이다. 작곡가 선생님들이 많이 계셨지만,

당시 박 선생님의 인기와 위치는 대단하였다.

그런데 그 존경하는 분이 내게 KBS 라디오 드라마
주제가를 불러 달라는 요청을 해온 것이었다.
나는 몹시 흥분해서 박 선생님을 찾아갔다.
박 선생님은 〈진도 아리랑〉이라는 제목이 쓰여져 있는
악보를 내 앞에 내놓으시면서
"잘 좀 부탁해요" 하시는 것이 아닌가.
존경하는 박 선생님과의 인연은 그렇게 시작되었다.

이서구 작사, 박춘석 작곡, 이미자 노래 〈진도 아리랑〉.
나는 진지하고도 정중하게, 그리고 최선을 다해서
선생님의 피아노 반주에 맞추어 연습을 했다.
다행히 박 선생님은 만족해하셨다.
며칠 후 드디어 〈진도 아리랑〉이 라디오 전파를 타고
전국에 방송되면서 널리 알려지게 되었다.
하지만 박 선생님과 나는 똑같이 아쉬운 마음이 들었던 것 같다.
이 주제가 한 곡으로 만족할 수밖에 없었기 때문이었다.
나는 박 선생님의 곡을 계속 받고 싶었다.

동백아가씨

그렇지만 박 선생님은 내게 곡을 더 주고 싶어도 줄 수가 없었다.
서로 전속되어 있는 레코드사가 달랐기 때문이었다.
박 선생님은 오아시스 레코드사 전속이었고,
나는 지구 레코드사 전속 가수였던 것이다.
드라마 주제가 정도는 부를 수 있지만 함께 레코드를
낼 수는 없었다. 당시 오아시스 레코드사는
우리나라 레코드사 중에서는 1위였다.
박 선생님은 그 회사의 주춧돌로, 박 선생님의 휘하에는
너무나도 굵직굵직한 가수들이 전속되어 있었다.
당시 인기 높은 가수들은 거의 오아시스 레코드사
소속이라고 해도 과언이 아니었다. 이런 대가수들이 전부
박 선생님과 전속으로 연결되어 있었다.
나는 계속 박 선생님의 곡을 부르고 싶었고,
박 선생님 역시 내게 곡을 주고 싶었지만 어쩔 수가 없었다.
그러던 차에 박 선생님께서 결단을 내리셨다.
이미자에게 곡을 주기 위해 전속 회사를 옮긴다는 것이었다.
그야말로 파격적인 결정이었다.

그러고는 지구 레코드사 임정수 사장님께 전속사를
지구 레코드사로 옮기겠다는 의중을 밝히셨다.
당연히 임정수 사장님은 무척 기뻐하셨다.
그도 그럴 것이 임정수 사장님으로서는 박 선생님 같은
분을 감히 모시겠다는 말씀을 해볼 엄두조차 내지 못했는데,
당신이 먼저 오겠다고 하니 속된 말로 호박이 넝쿨째
굴러들어온 격이었다. 박 선생님과 지구 레코드사의
계약 조건도 박 선생님이 많이 양보하신 것 같았다.
임정수 사장님은 물론이고 나 역시 너무나 기뻤다.
드디어 박 선생님과 지구 레코드사가 계약을 맺어 전속
관계가 되면서 나는 박 선생님의 곡을 본격적으로 받을 수
있게 되었다. 그때부터 그야말로 나의 대히트곡들이 쏟아져
나오기 시작했다. 〈섬마을 선생님〉, 〈기러기 아빠〉,
〈황혼의 부르스〉부터 가요 30주년 기념곡 〈노래는 나의 인생〉까지
수많은 곡들이 바로 박 선생님의 곡이었다.
그로 인해 '명콤비 박춘석-이미자' 라고 불리기까지 했다.
또한 이미자가 서는 무대에는 항상 박 선생님이 계셨다.

방송 프로에서건 공연에서건 박 선생님은 늘 뒤에서
지휘봉을 들고 악단을 지휘하셨다. 심지어 프로그램 구성에서
레퍼토리 그리고 무대음악 편곡까지 신경을 쓰고 배려해 주셨다.
언젠가 박 선생님이 어떤 기자와 인터뷰하는 것을 들었는데
"나는 이미자를 만남으로 해서 나의 작곡 생활, 전속사,
또한 작곡하는 곡의 장르까지 바뀌었다"고 말씀하시는 것이었다.
주로 발라드풍의 곡이 많았는데 이미자를 만나면서
완전히 전통가요 작곡가로 변신하였다는 것이다.
그러면서 아마도 작곡한 곡의 3분의 1, 약 700곡을
이미자에게 주었을 것이라고 말씀하셨다.

그렇다. 1965년부터 1996년까지 만 30년을 나는
박 선생님과 명콤비로 지냈다. 하지만 세월의 흐름을
고스란히 받아들이며 그분은 지금 당신의 존재까지
잊어버린 듯 지내고 계시다. 또한 가까운 사람들까지
기억에조차 없는 듯 아무도 만나지 않기를 원하시며 멍하니
세월 가는 줄도 모르고 살고 계신다.

안타까운 마음 어찌할 바 몰랐는데
"긴 병에 효자 없다"는 말처럼 나도 어느새
포기하고 살고 있구나 하는 생각을 하게 된다.
이제는 가끔 가다가 생각나고 그나마도
점점 무디어져 가는 내 마음…….
이것이 인간의 본성인가, 속성인가 하는 생각을 하며
이제는 나도 모르게 "빨리 완쾌하세요"라는
말도 마음도 포기한 채 살고 있다.

🌺 동백아가씨

나는 '트로트의 여왕'이 아니다

1920년부터 우리 대중가요의 역사가 시작되었다고 한다면
우리 가요의 역사는 90년쯤 되었다고 할 수 있다.
그런데 사람들은 나를 소개할 때면 대체로
'트로트 가수', '트로트의 여왕 이미지' 라고들 한다.
하지만 나는 그렇게 불리는 걸 별로 좋아하지 않는다.
그것은 트로트라는 단어가 외래어이기 때문이다.
그런데 언제부터 우리 가요에 트로트라는 이름이 붙여진 것일까?
지금도 나는 그 뜻이 무엇인지 확실히 모른다.
다만 궁금한 것은 왜 내가 부르는 노래가 트로트란 말인가?

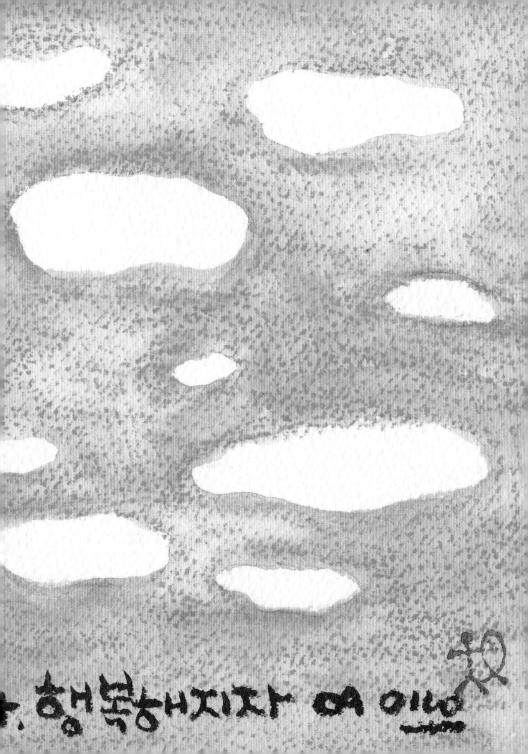

ㅈ, 행복하지자 여 이써

나는 내가 부르는 노래야말로 우리나라 사람들의 정서와
한(恨)을 가장 잘 표현한 한국적인 노래라고 자부하고,
또 그렇게 주장하고 싶은데…….
가까운 일본에는 엔카(연가), 프랑스에는 샹송,
이탈리아에는 칸초네, 또 재즈 등 각기 자기 나라의 전통이
깃들여 있는 이름이 있는데 우리나라 대중가요에
하필이면 외래어인 트로트라는 이름을 붙이다니.
속상한 것은 이루 말할 수가 없다.
어떻든 내가 부르는 노래만큼은 트로트로 불리지 않았으면 한다.
나는 나름대로 내 노래가 우리나라의 전통가요라고
생각하고, 또 그렇게 되기를 갈망한다.

우리나라 대중가요는 확실하지는 않지만 1920년대에
윤심덕이 부른 〈사의 찬미〉(변안가요)라는 곡에서
시작되었다고 들었다. 그로부터 〈이 풍진 세상〉, 〈고향설〉,
〈나그네 설움〉, 〈눈물 젖은 두만강〉, 〈목포의 눈물〉 등
그야말로 한 맺히고 통한의 설움이 서려 있는 노래들이 많이 나왔다.

🌺 동백아가씨

나는 이 노래들이야말로 우리의 전통가요이자 명곡이라고
생각한다. 우리 민족은 우리 선배들이 그 어려웠던 시절에
한풀이하듯 불렀던 구구절절한 노랫말의 이 노래들을
듣고 부르면서 울며 웃으며 살아왔다.
일제시대에 나라 잃은 설움을 겪었던 우리 민족은
해방의 기쁨을 채 느끼기도 전에 6·25동란으로
굶주림에 시달리고 사랑하는 가족을 잃은 슬픔에
다시 가슴을 치고 통곡해야 했다.

그러나 지금은 어떤가.
분명 우리는 지금 잘 살고 있다.
그런데 서구풍의 노래들이 물밀듯 밀려들어오면서
우리 노래들은 한낱 촌스러운 노래로 전락하고 말았다.
이런 류의 노래를 부르는 사람은 말할 것도 없고
들어주는 사람도 교양이 없는, 질 낮은 사람들로 치부되고 있다.
반면 발라드나 클래식 등 외국 곡들을 듣고
즐겨야 하는 분위기가 되어 버렸다.

그러면서 우리 가요에는 한낱 외래어인 트로트라는 명칭이
붙게 되었다. 나는 그것이 너무도 속상하고 안타깝다.
'우리는 우리의 노래에서마저 전통을 이어가지 못하는구나' 하는
생각에 서글프고 가슴이 쓰린 것이다.
왜 다른 나라들처럼 연가, 칸초네, 샹송은 아닐망정
외래어인 트로트라고 하는가.

1960년대 초 일본에 갔을 때 어느 매스컴과 인터뷰를 했는데,
그때 일본 기자가 가요의 원조가 일본이냐 한국이냐는
질문을 한 적이 있다. 당시 내가 무어라 답변을 했는지
잘 기억나지 않지만 한국이라 생각한다고 말했던 것 같다.
왜냐하면 리듬만 보더라도 일본의 엔카와
우리나라의 가요는 확연히 다르기 때문이다.
우리나라 노래는 한마디로 뽕짝이다.
일본 엔카의 리듬과는 판이하게 다르다.
또한 우리 노래에는 한과 서러움이 실려 있다.
그리고 무엇보다 뱃속에서부터 뿜어져 나오는 힘이 있다.

🌸 동백아가씨

반면 일본의 엔카에는 한이 없다. 또 뱃속에서 뿜어져 나오는
힘도 없다. 목에서 만들어져 나오는, 듣기에는 무척 감미롭고
아름답기까지 하지만 우리 가요와는 부르는 방식 자체가 다르다.
그런데 우리의 노래들에 한낱 트로트라는 외래어가 붙다니…….
1960년대 들어와 우리 가요는 다양한 장르로 거듭나면서
절정기를 맞이했다. 어려운 시기를 슬기롭게 견뎌 가며
우리 가요도 개발도상국처럼 발전하던 때였다.
우선 60년대 초에 미8군 쇼단이 생기면서 번안가요를 비롯해
발라드·재즈와 같은 서구풍의 노래들이 쏟아져 나왔다.
김치캣의 〈검은 상처의 부루스〉, 패티 김의 〈Till(사랑의 맹세)〉,
현미의 〈밤안개〉, 한명숙의 〈노란 샤쓰의 사나이〉 등
다양한 노래들이 이 시절 히트했다. 게다가 마침 TV가
보급되면서 우리 가요계는 바야흐로 전성기를 맞았다.
그러면서 우리의 초창기 가요, 나 혼자 이름 붙인
우리의 전통가요들은 거의 잊혀진 듯한 생각마저 들던 시기에
〈동백 아가씨〉가 전례없는 대히트를 했다.
그때가 1964년이었다.

그러나 내가 부른 〈동백 아가씨〉, 그러니까 우리의 전통가요라고
자칭하는 이 노래는 그다지 세련되지 못하고 촌스럽기 짝이
없는 노래로 뽕짝이다. 쿵짝쿵짝 리듬을 쳐서 쿵짝보다
더 천하게 표현해 뽕짝이라 한 것 같다.
사실 내 자신이 생각해도 〈동백 아가씨〉가 크게 히트하던 때의
내 모습을 떠올리면, 지금도 크게 나을 것은 없지만
대단히 촌스러웠던 것이 사실이다.

한편 그 무렵 한국 영화들도 전성기가 아니었나 싶다.
많은 한국 영화들이 나오면서 어느 영화이고 간에
주제가가 삽입되었는데, 그 주제가의 장르 역시 아주 다양했다.
그중에서도 내가 불렀던 주제가는 부르는 것마다
히트, 또 히트, 인기, 대인기였다.
그런데 내가 부르는 노래들에 언제인지부터 트로트라는
이름이 붙여졌다. 나는 무척이나 속이 상했다.
가장 한국적인 노래들이 어째서 트로트란 말인가.
차라리 뽕짝이라는 말에는 우리 서민들의 한이라도

동백아가씨

서려 있지 않은가. 속상하고 안타깝기 짝이 없었다.

그렇지만 뾰족한 대안이 있는 것도 아니어서 그냥 지내는
수밖에 도리가 없었다.

그러나 한 가지 위로받고 있는 것은 50년 세월이 가까워 오는
이 시점에서도 내 노래는 여전히 국민의 사랑을 받고
인기를 이어가고 있다는 것이다.

그럼에도 항상 내게 붙어 다니는 꼬리표는 촌스러운
뽕짝 가수라는 것이다. 그 때문에 나는 소외감과 위축감
그리고 외로움을 많이 느끼며 지내왔다.

지식층 음악들이 붐을 일으키면서 나는 촌스러운,
더 나아가 선술집 젓가락 장단에나 맞춰서 듣고 부르는
그런 류의 가수로 치부되었던 것이다.

하지만 나는 서러움과 촌스러움에도 우리 가요를 승화시켜
보려고 발버둥치며 꿋꿋이 버티고 있다. 아마도 나의 대가
끝나면 내 스스로 붙인 우리 한국의 전통가요는 사라져 버리고
한낱 트로트라는 명칭으로 남을지 모른다.

그래도 내가 노래를 하고 있는 동안만이라도
우리의 전통가요를 좀더 승화시키기 위해 노력할 것이다.
하지만 이 간절한 소망은 과연 이루어질 것인가?
영원히 트로트로 남을 것이라는 생각이 들기도 하지만
그렇지 않기를 진심으로 원하며, 그리 될 수 있도록
앞으로도 계속 노력할 것이다.

동백아가씨

첫 번째 디너쇼

1984년은 내가 가요계에 데뷔한 지 25년째 되던 해였다.
나의 히트곡인 〈동백 아가씨〉, 〈기러기 아빠〉,
〈섬마을 선생님〉 등이 여전히 금지곡으로 묶여 있을 때였다.
1980년대 들어 큰 공연 무대가 거의 사라져 버리면서
우리 가요계의 주 무대는 극장식 식당이나 나이트클럽으로
전락하였다. 서구풍의 문물이 들어오면서 우리 가요가
설 자리가 더더욱 없어져 결국 나이트클럽 같은
밤무대에 설 수밖에 없어진 것이다.
내가 설 수 있는 무대가 거의 없어진 셈이었다.

바람이 내 몸을
핥고 갔다
2019

물론 나 역시 극장식 식당 '씨어터 레스토랑'이나 나이트클럽에서
일을 하긴 했지만, 나의 본무대는 밤무대가 아니고
당연히 극장 무대여야 했다.
사람들도 외국 곡이나 그런 류의 노래들을 좋아하게 되면서
우리 가요는, 특히 내가 부르는 노래들은 촌스러운 것으로
치부돼 나는 소외감으로 점점 더 위축되었다.
악단도 풀 멤버에서 컴보 밴드로, 더 나아가 보컬 그룹이
판을 치는 시대가 되어 나의 무대는 더욱더 좁아졌다.

그러던 어느 날, 신라호텔 상무라는 분에게서 만나자는
연락이 왔다. 의논할 게 있다는 것이었다.
상무님을 만났더니 호텔 볼룸에서 디너쇼를 한 번 하면
어떻겠느냐고 물었다. 나는 너무도 뜻밖의 제안에
놀라지 않을 수 없었다.
"예? 제가 호텔 디너쇼를요?"
사실 호텔 디너쇼는 극장 쇼 공연과 다르고,
또 극장식 나이트클럽 무대와 또 다르지 않은가.

더욱이 내가 부르는 노래가 디너쇼에 어울리기나 하는 것일까.
나는 많은 생각이 교차되었다.
당시 디너쇼는 패티김 같은 외국 곡이나 발라드풍의
노래를 하는 가수들, 하여간 좀 차원이 높다는 노래를 부르는
사람들이나 할 수 있는 것이라 생각했던 것이다.
더욱이 그때는 디너쇼가 지금처럼 여기저기서 너도나도
하는 행사가 아니었다. 연말에 외국 가수나 외국에서 활동하다
가끔 한국에 귀국해서 공연하는 그런 사람들이나
하는 것으로 생각되었다.
그런데 모습이나 노래나 촌스럽기 짝이 없다고 평을 받는
나에게 호텔에서 디너쇼를 하자니…….
하여튼 내게는 어울리지 않는 제의라는 생각이 들었다.
더군다나 나의 레퍼토리는 디너쇼가 아니라 선술집 젓가락을
두드리며 불러야 맞는 노래라고 평하는 것을 자주
들어 오지 않았던가. 나는 많은 갈등을 느꼈다.
호텔측에서도 과연 일을 벌여도 될까라는, 정말 많이 생각하고
망설였다는 것을 나중에야 들어서 알았다.

그러나 나는 결심을 했다.

가요 생활 25주년 기념공연을 호텔 디너쇼로 하자고.

그러면서 공연을 하루 하느냐, 이틀 하느냐를 두고

또 많은 의견을 나눴다. 나는 하루만 하자고 그쪽에 제의를 했다.

처음 시도하는 디너쇼라서 반응이 어떻게 나올지

너무나 불안했던 것이다. 내가 우기다시피 하여

결국 공연을 안전하게 하루만 하기로 결정했다.

각 매스컴은 나의 디너쇼를 대서특필했다.

TV, 라디오, 신문 모두가……

'이미자 가수 생활 25주년 기념공연을 호텔 디너쇼로 하다.'

각 매스컴에서 인터뷰 요청이 쇄도했다.

왜 그렇게 매스컴에서 인터뷰 공세를 퍼부어 댔을까?

이미자가 호텔에서 디너쇼를 한다는 것이

너무도 의외의 일이어서였을까?

하기야 나 자신도 의외였고 모험이었으니까 그럴 만도 했다.

드디어 공연이 시작되었다.

사회는 아나운서 김동건씨가 맡아 주었다.

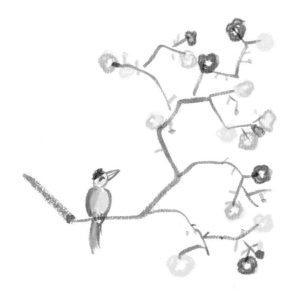

나는, 지금
행복하다 이너
2009.

다행히 신라호텔에서 디너쇼를 한 이래 관객 손님이
가장 많은, 최고의 기록을 세웠다.
좌석을 하나라도 더 배치할 수 있는 데까지 해놓았지만
예약 손님을 다 받지 못했을 정도였다.
호텔측도 너무 놀라워하면서 몹시 기뻐했다.
나는 감사한 마음에 그야말로 내 혼과 열정을 다 쏟아부어
노래를 불렀다. 호텔 무대가 익숙지 않아 두렵고
긴장되었지만 열심히 하면 된다는 생각으로 노래에만 몰입했다.
노래를 부르며 나는 생각했다.
'과연 이 박수 소리가 내가 정말 노래를 잘 불러서인가?
아니다. 나를 격려해 주려는 관객 손님들의 배려일 것이다.'
나는 너무도 고마웠다.
이렇게 해서 나의 첫 번째 디너쇼는 무사히 끝났다.
TV 방송에서는 현장 취재를 하고…….

나의 디너쇼는 호텔 디너쇼의 기록을 깬 것이었다.
끝나고 나서 호텔측이 한 가지 제의를 했다.

대개 호텔 디너쇼는 이틀 공연하는 것이 관례인데,
호텔측이나 나나 몸을 사리느라 하루만 하기로 한 것인데
못 오신 손님들이 너무 많다는 것이다.
그래서 하는 말인데 그분들을 위해서 앙코르 공연을
해야겠다는 것이었다. 나는 어안이벙벙하다고 할까,
뭐라 표현할 수가 없었다. 내가, 더군다나 디너쇼 앙코르
공연을 하다니 놀라지 않을 수 없었다.
그렇지만 너무나 기뻤다. 물론 당연히 그러겠노라고 대답했다.
공연은 첫날 공연과 마찬가지로 성황리에 마쳤다.
그 후로 내게도 호텔 디너쇼 제의가 많이 들어오기 시작했다.
한 번, 두 번, 열 번 디너쇼 공연을 하다 보니 익숙해져
지금은 디너쇼 때가 다가오면 당연히 하는 것으로 알고 있다.
지금 생각하면 당시 나의 디너쇼 공연이 왜 그렇게
화제가 되었을까?
나는 매스컴의 위력을 새삼 실감하지 않을 수 없었다.
매스컴이란 좋은 것이건 나쁜 것이건 크게, 좀 더 크게
경쟁을 하게 마련이니까……

어느 TV에서는 리포터가 공연을 보러 온 관객들과 직접
인터뷰를 해가기까지 했다.

디너쇼 공연을 앞두고 한창 공연 준비하랴, 매스컴들과 인터뷰하랴
정신없이 바쁠 때였는데, 앙드레김 선생님에게서 전화가 걸려 왔다.
나는 너무나 뜻밖이어서 깜짝 놀라며 전화를 받았다.
그러자 앙드레김 선생님이 "이 선생님, 축하합니다.
소식 듣고 반가워서 전화했습니다" 하시는 것이었다.
내가 얼떨결에 "감사합니다"라고 대답하자, 앙드레김 선생님은
"축하하는 마음으로 이 선생님께 의상을 제공해 드리고
싶으니 한번 의상실로 나와 주시라"는 것이 아닌가.
나는 너무도 기쁘고 감사했다.
패션계의 대부이신 앙드레김 선생님, 그분께서
의상을 제공해 주신다니 한편 놀랍기도 하고 기뻤다.
결국 나는 그분의 아름다운 의상을 입고
디너쇼를 할 수 있었고, 기록적인 많은 관객들 앞에서
앙코르 공연까지 할 수가 있었다.

50년 동안 노래하며 가슴 아팠던 일도 많고
기뻤던 일도 많았지만, 너무나도 많은 기록을 깨어 가며
이렇게 세월은 흘러갔다.
그러나 그 모든 것이 나에게는 크나큰 보람이었고
감사한 일이었다.
나를 사랑해 주는 여러분이 계시니까…….

🌺 동백아가씨

22년 만에 해금된 〈동백 아가씨〉

1987년에 6 · 29 선언이 발표되었다.

그해 우리 가요계에도 기쁜 일이 생겼다. 그동안 금지곡으로
묶여 있던 우리 가요 대다수가 해금된 것이다.

가장 많이 금지곡으로 묶여 있던 내 노래 역시 다 해금되었다.

그 소식을 듣는 순간, 내 눈에서는 나도 모르게
눈물이 주르르 흘러내렸다. 마치 잃어버렸던 자식을 다시
찾았을 때의 기분이랄까. 그동안 있었던 일들이 파노라마처럼
뇌리를 스쳐지나가면서 감회가 새로웠다.

사람은 너무 기뻐도 눈물이 나온다더니, 정말 그랬다.

눈물같은꽃
동백,

막상 해금되었다는 소식을 들은 순간은 전혀 실감이 나지 않았다.
신문 등 매스컴에서 해금된 노래의 목록들을 찾아보면서
'과연 해금이 된 것일까?' 하면서 믿어지지가 않았다.
그러나 방송과 신문 등을 보고 들으면서 정말 내 노래들이
해금되었다는 것을 실감할 수가 있었다.
다른 금지곡들도 있지만 나의 3대 히트곡 〈동백 아가씨〉,
〈섬마을 선생님〉, 〈기러기 아빠〉가 해금된 것이 무엇보다 기뻤다.
만 22년 만의 해금이었다.
지금 생각하면 다행인 것이 그나마 다른 히트곡들이 많았고,
신곡이 나오면 준히트라도 치게 되어 스케줄이 바빴던 탓에
크게 속상해하며 고민할 겨를이 없었다는 것이다.
나의 레코드 취입곡은 2000여 곡이 넘는데, 1964년부터
1970년대 초까지 거의 3분의 2를 당시에 녹음했을 정도로
그 무렵은 정말 눈코 뜰 새 없이 바빴다.
하지만 나의 대표곡, 내 이름을 알리고 내가 성공의 사다리를
올라가게 해줬던 대표곡을 방송에서 부를 수 없었던 것은
크나큰 아픔이었다.

나를 좋아하고 아껴 주는 팬들에게 "어떤어떤 곡을
신청했지만 금지곡이기에 다른 곡을 대신 들려 드릴게요" 하고
양해를 구하며 엉뚱한 곡을 틀어 줄 수밖에 없었던 안타까움,
그토록 크게 히트했음에도 방송 인기 차트에는 끼지 못하고
항상 다른 가수들의 곡들이 1,2,3위를 차지했던 속상함에
눈물지은 일이 한두 번이 아니었다. 더 나아가서
방송금지는 물론이고 레코드 음반 제작까지 하지 못하는
기막힌 일들이 벌어졌다. 그야말로 겨우 붙어 있는
마지막 숨통까지 끊어 버리겠다는 속셈이었다.
가장 안타까운 것은 해외 동포들이 한국에 다니러 왔다가
한국의 가족 친지들에게 내 음반이나 테이프를
어디 가야 구할 수 있냐며 구해 달라고 부탁했을 때였다.
그럴 때는 정말 미안하고 난감해서 어쩔 줄 몰랐다.

그러저러하면서 22년의 세월이 흘러갔다.
기나긴 세월이었지만 그래도 이제라도 해금되었으니
그 기쁨은 이루 말할 수가 없다.

🌺 동백아가씨

이제부터 마음껏, 목청껏 노래 부를 수 있으니
이 얼마나 기쁜 일인가. 목청 높여 노래 불러야지 생각하자,
나도 모르게 눈에 또 기쁨의 눈물이 고였다.

또, 봄이 오는가 이노 裁
2009

하늘엔 조각달 강엔 찬바람
엄마는 어디 갔나 어디서 살고 있나
아 아~ 우리는 외로운 형제
길 잃은 기러기

꿈의 그리던 세종문화회관 무대에 서다

1988년 우리나라에서 올림픽이 열렸다.

전 세계에 '코리아'를 알릴 수 있는 큰 행사였다.

국민의 한 사람으로서 나 역시 기쁘고 흥분된 마음이었다.

나는 생각했다. 내가 가요계에 데뷔한 지 올해로 29년,

내년이면 30년이 된다. 25주년 공연은 호텔 디너쇼로

간단히 치렀지만 30주년 공연은 세종문화회관에서 하리라고.

그 큰 무대에서 그동안 금지되어 부르지 못했던

나의 히트곡들을 마음껏 부르리라.

나는 희망에 부풀었다.

그러나 나의 시련은 아직 끝나지 않았다.

세종문화회관측에 이미자 가요 30주년 기념공연

대관 신청을 했다가 거절당했던 것이다.

이유는 내가 수준 낮은 가수이기 때문이라는 것이었다.

나와 같은 가수는 세종문화회관에 설 수 없다는 것이었다.

만약 그런 가수가 세종문화회관 무대에 선다면

문화회관의 격이 떨어진다는 것이었다.

이 명예의 전당이 고무신짝들의 판으로 하루아침에

전락하고 말 것이라는 게 그 이유였다.

또다시 나는 실망감과 좌절감에 빠지고 말았다.

말할 수 없이 분하고 원통하였다.

거절당한 것도 원통하고 기가 막힌 일인데, 더구나 관객들마저

수준 낮은 고무신짝들이라고 욕하고 무시하는 것에

분개하지 않을 수 없었다.

그렇게도 잔인하게 거절한 그분은 누구일까?

그 수준 높고 고귀한 분의 이름까지 언급하고 싶지는 않다.

다만 모 대학 교수라고만 적으려 한다.

나는 스스로를 생각해 보았다.

정말 나는 그렇게도 촌스럽고 수준이 낮으며,

노래와 창법 역시 촌스럽기 짝이 없는 것일까?

그렇다면 왜 우리 국민은 나를 그렇게 좋아해 주었을까?

또 그렇다면 나를 좋아해 주는 우리나라 대다수 국민들은

다 촌스러운 사람들이란 말인가?

누구에게나 싫고 좋은 사람이 분명히 있다고 생각한다.

또한 연예인들에게는 좋아하는 팬들이 있는가 하면

극도로 싫어하는 사람도 있게 마련이지만, 그분이

세종문화회관 대관을 거절하면서 내게 한 말은 너무도 잔인하였다.

나는 또 한 번 좌절감에 넋을 잃고 말았다.

그러나 그대로 주저앉을 수는 없었다.

나는 서울시청을 방문하기로 마음먹었다.

당시 서울시장은 고건 전 총리였다.

그러나 어떻게 해야 서울시장을 만날 수 있을까.

나는 우리집 양반과 의논을 하였다.

당시 KBS 방송 국장이었던 남편은 올림픽조직위원이자
KBS-TV 중계 파견국장을 맡아 현장 방송 중계를 총괄하느라
눈코 뜰 새 없이 바쁠 때였다.
남편이 마침 시청에 근무하는 친구에게 부탁을 드렸던가 보다.
그 친구 분의 주선으로 고맙게도 며칠 뒤 시장 비서실에서
연락이 왔다. 시장님이 만나기를 흔쾌히 승낙하셨다며
어느 날 몇 시에 오라는 전갈이었다.

드디어 약속된 날에 나는 시장님을 만나러 마음을 가다듬으며
시장실로 갔다. 어렵고 두려운 마음에 가슴이 몹시 두근거렸다.
시장실에 들어서니 고건 시장님이 부드러우면서도
정중하게 나를 맞아 주셨다. 순간 마음이 무척 편안해지는 것을
느꼈다. 참 온화한 분이구나 생각하며 자초지종을 차근차근
말씀드렸다. 그동안 내 노래가 금지곡으로 묶여 있다가
해금되었다는 것과 데뷔 30주년을 맞아 나를 좋아해 주는
팬들과 마음껏 노래 부르고 싶어 세종문화회관에 대관
신청을 했다가 거절당해서 할 수 없게 되었다는 저간의 사정을

말하며 30주년 무대를 세종문화회관에서 할 수 있게
해달라고 애원하다시피 했다. 시장님께서 온화하게 미소지으며
실무자들과 의논하여 긍정적으로 검토해 보겠으니
마음 편히 하고 기다려 보라고 말씀하셨다.
나는 너무도 감사하고 기쁜 마음이 되어, 돌아오면서 왠지
세종문화회관에서 30주년 공연을 할 수 있게 될 것만
같은 느낌이 들었다.

얼마 후, 그토록 갈망하던 세종문화회관에 설 수 있게 되었다는
소식이 왔다. 나는 어린아이처럼 뛸 듯이 기뻐하며 감사하였다.
"고건 시장님 감사합니다, 감사합니다."
나는 몇 번이고 고개 숙여 감사를 드렸다.
드디어 공연 장소 허락을 받은 것이다.
나는 세종문화회관 공연을 10월에 하고 싶었다.
그것은 10월이 결실의 계절이니만큼 나의 30주년
기념공연도 결실을 맺는다는 생각에서였다.
한 가지 더 덧붙이자면 10월은 문화의 달이기도 하기 때문이다.

동백아가씨

내 마음은 설레임 반, 두려움 반으로 몹시 흥분해 있었다.
그러던 어느 날 조선일보사 서건 사업부장이란 분에게서
한번 만나자는 연락이 왔다. 바로 약속 날짜를 정하고
서건 부장님을 만났다. 그의 얘기인즉슨 나의 30주년 공연을
조선일보사 주관으로 하면 어떻겠느냐는 것이었다.
나는 흔쾌히 승낙하였다. 기쁨과 두려움과 반가움이 교차하였다.
그냥 일반 기획사의 주관으로 하기보다 우리나라 3대 일간지의
하나인 조선일보사 주관으로 한다니 반갑고 기뻐서
나도 몰래 안도의 한숨이 내쉬어졌다.
공연의 격이 높아지게 되는 것은 물론 더욱더 안정적인 공연을
할 수 있을 것이라는 생각에서였다.
드디어 공연 날짜가 10월 16, 17, 18일로 잡히고,
조선일보 주관에 KBS가 후원하는 것으로 결정되었다.
나는 두 손 모아 감사하며 공연 준비에 몰입했다.
오로지 충실하고 성의 있는 공연을 해야겠다는 다짐과
생각밖에 없었다. 어떻든 성공적인 공연을 해야겠다는…….

드디어 1999년 10월 16일 나의 30주년 기념공연 대단원의
막이 올랐다. 공연은 대성공이었다. 당시 네 정당의 대표들이
모두 부부 동반으로 참석해 주었을 정도였다.
첫날 공연을 성황리에 마친 뒤 리셉션이 열렸다.
리셉션장에는 박준규 대표, 김대중 총재, 김영삼 총재,
김종필 총재 부부를 비롯해 수많은 국회의원들과 비서진,
그리고 조선일보 방 회장님 이하 귀빈들이 모두 부족한
나의 공연을 보아주시고 리셉션에까지 참석해 축하해 주셨다.
나는 너무도 감사하고 감격스러웠다.
언론들도 공연은 물론이고 리셉션까지 대서특필했다.
공연 두 번째 날부터는 공연 티켓을 구입하지 못한 분들이
야단이었고, 공연장 밖에서는 암표가 얼마였느니
얼마에 구했다느니 하는 얘기가 들려왔다.
이처럼 나의 30주년 공연은 성공적으로, 그리고 기록적으로 끝났다.
그로부터 10년 후 역시 조선일보사 주최로 이미자 가요 40주년,
그리고 5년 후 2004년 4월 역시 조선일보사 주최로 이미자 가요 생활
45주년 공연을 전회 매진 기록을 세우며 성공적으로 마쳤다.

그렇다면 매번 이렇게 성공적으로 공연을 마칠 수 있었던
이유는 무엇일까? 내가 노래를 잘해서? 인기가 좋아서?
그럴 때면 나는 인기나 노래도 물론 조금은 포함되겠지만,
50여 년이나 내가 노래를 부를 수 있게 끊임없이 사랑해 준
우리나라 전국 팬들의 사랑과 성원 덕분이라고 생각한다.
또한 부족한 나의 공연을 매번 주관해 준 조선일보사가
너무나도 든든한 버팀목이 되어 공연을 보다
품위 있게 만들어 주었다고 생각한다.
감사하다. 모든 분들이 감사하다.
그동안 가수 생활을 하면서 고달프고 가슴 아픈 일도 많았고
시련도 많이 겪었지만, 나는 가요계에서 가장 행복하고
사랑받는 가수였다고 내 나름대로 생각하며 감사해하고 있다.
50주년을 앞둔 지금, 또다시 감회가 새롭다.
50주년 공연이야말로 나의 힘과 열과 성을 다해야 한다.
나를 사랑해 주는 그분들께 보답하기 위해
무대 위에서 쓰러져 죽는 한이 있다 하더라도
열심히, 충실하게 공연에 임할 것이다.

어슴 젖으로, 해가진다
이쁜 짱께의

사라져 가는 우리 전통가요

며칠 전 일본의 한 엔카 가수의 콘서트를 보았다.
노래를 부르는 가수와 관람객들이 혼연일체가 되어
무대에서 공연하는 가수가 저절로 열심히 하게끔,
더욱더 잘할 수 있도록 관객들이 힘을 북돋아 주고 있었다.
가수들의 힘을 북돋아 주는 관람자들의 매너는 참으로
보기 좋았고, 한편 많이 부러웠다.
그걸 보면서 우리 가요의 흐름을 생각하지 않을 수 없었다.
요즘 우리 가요들이, 특히 내가 부르짖는
전통가요의 맥이 점점 사라져 가고 있는 것은 아닌가.

정통성을 잃어 가며 차츰 소멸되어 가는 우리 가요를 보며
아쉬움과 안타까움, 나아가 위기감에 가슴이 저며 온다.
물론 시대 변화에 따라 우리 가요도 달라지고 있고,
또 달라져야 한다는 것은 잘 안다.
하지만 내 부족한 생각으로는, 대중가요는
그 시대의 흐름을 대변하는 역할을 한다고 본다.
우리 선조들은 즐겁고 기쁘면 흥겨운 노래, 고달프고 힘들고
슬프면 가슴의 한을 토해내듯 부르는 노래를 듣고
또 부르면서 위로받고 위로해 가며 살아왔다.
그것이 바로 우리 대중가요의 역할이었다.

그런데 요즘은 대체로 한번 듣고 춤추고 즐기며 흘려 넘겨
버리는, 당시 흥겹게 부르지만 그 시간만 지나면
기억에 남는 것 하나 없이 잊혀져 버리는
그런 곡들이 난무하고 있는 것은 아닌지.
우리 사회에는 여전히 어둡고, 고달프고,
그늘진 곳이 얼마나 많은가.

🌺 동백아가씨

하지만 지금 우리 대중가요에는 그늘이 없는 것 같다.
온통 즐겁고 신난다. 노랫말이야 어떻든 우선 템포가
빠르고 신나는 곡투성이다.
나는 우리 선배님들이 남기신 1930~1940년대의 주옥같은
노래들을 내 나름대로 가요의 명곡이라고 부르고 싶다.
〈나그네 설움〉, 〈눈물 젖은 두만강〉, 〈고향 설움〉,
〈타향살이〉 등. 이렇게 애절하고 가슴 저미는 노래들을 부르며
가사 내용이야 어떻든 신나게 춤추고 흔들 수는 없지 않은가.
왜 우리 가요가 이렇듯 목적도 없고 국적도 없는 방식으로
변해 버리고 말았는지 안타깝기 그지없다.
나는 대중가요야말로 듣는 사람의 심금을 울려 주는,
무언가 가슴에 와 닿는 노래여야 한다고 생각한다.
그러나 요즘은 푸근함 · 애절함 등
감상할 수 있는 곡들을 좀체로 들을 수가 없다.
귓가에 들리는 곡들이 무엇을 의미하는지조차 알 수가 없다.
얼마 전 어느 방송에서 어떤 아나운서가 한 얘기가 생각난다.
"요즘 성인 가요는 감상할 수 있는 노래가 없는 것 같다"는.

오히려 10대 젊은 가수들 노래 중에서 발라드 감상곡이
많이 나오는 것 같다면서 10대 젊은 가수들과 성인 가요가
뒤바뀌었다는 느낌이 든다는 얘기를 들으며 나 역시 동감이었다.
정말 요즘 우리 대중가요는 하나같이 신나는 세월밖에 없는 것 같다.
나와 자주 접하는 후배 가수가 가끔 집에 놀러오는데
그의 타이틀곡 역시 요즘 난무하는 그런 음악류다.
나는 짜증날 정도로 불만스러워서 "너, 이런 류의 노래만
계속하다 보면 그 이상의 발전은 없을 것"이라고
내 깐에는 조언이라 생각하며 말을 했다.
그랬더니 그의 말이 "선생님, 선생님의 말씀 백 번
옳은 줄 너무도 잘 알고 있다"는 것이었다.
그의 말을 들어 보니 나름대로 사정이 있었다.
우선 방송국에 느린 템포의 곡을 들고 가면 그 곡이
좋고 나쁘고 간에 PD들부터가 반기지 않는다고 한다.
어느 동료 가수도 느린 템포의 신곡을 홍보하다가
얼마 버티지 못하고 다시 빠른 곡으로 바꾸었다고 한다.
그러면서 느린 곡을 가지고는 TV 노래자랑 같은 데는

출연할 수 없다는 것이었다.

그도 그럴 것이 요즘 지상파 3개 방송을 비롯해

케이블방송, 유선방송 모두 듣는 방송보다 보는 방송이

주가 되면서 우리 가요는 온통 노래자랑에서 부르는 식의

그런 노래로 되어 버렸기 때문이다.

또 그래야만 그나마 방송에라도 나갈 수 있다고 말하는

후배를 보며 착잡한 마음을 금할 수 없었다.

후배의 말을 긍정도 부정도 할 수 없었던 것이다.

어쩌면 내 생각이 뒤떨어진 생각일지도 모른다.

하지만 우리 가요는 어디로 가고 있는 것일까?

내가 생각하는 우리 가요가 이런 것들뿐이라고는

생각하고 싶지 않다.

세월은 유수같이 흘러 내가 가요계에 데뷔한 지도 어느덧

50년이 되었다. 어느 결에 가요계의 대선배가 되어 버린

나로서는 우리 가요가 점점 퇴보하고 있는 것은

아닐까라는 생각에 마음이 무겁고 안타깝다.

내가 사랑하는 우리 가요는 기쁨과 즐거움도
물론 있어야 하지만 슬픔과 괴로움을 달래 주는 노래다.
눈을 지그시 감고 고향과 사랑하는 부모형제를 떠올리며
눈물 흘리고 작은 미소도 지으며 감상할 수 있는
그런 가요가 널리 불릴 수는 없는 걸까?
이 시점에서 희망과 절망 어떤 쪽일까?
희망 쪽으로 마음을 가져 보지만 과연 나의 소망은 이루어질까.
부디 간절한 나의 소망이 이루어지기를
기도하는 마음으로 나는 살아갈 것이다.

동백아가씨

마지막 잎새처럼 떠나간 벗, 배호

우리 집은 4층 건물로 된 다세대주택이다.
거실 쪽으로 난 베란다에 나가서 창문을 열면 베란다 크기만한
작은 뜰이 내다보인다. 비록 아주 작은 뜰이지만
우리 집 양반의 정성이 가득 담겨져 있어
내게는 아주 친근한 뜰이다.
그 뜰에는 장미 · 연산홍 · 목련 · 동백나무 · 공작 · 단풍을
비롯해 화수목이라는 나무가 있는데, 이 화수목은
우리 농장에서 옮겨온 것이다. 이 나무를 옮겨 심은 지도
어언 10년이 넘어 이젠 제법 고목이 되어 간다.

아침에 일어나면 습관처럼 밖을 내다보는데,
올해도 어김없이 유독 붉게 물든 화수목 잎새들이 눈에 띄었다.

그러던 어느 날부터인가 그 붉게 물든 화수목 잎새들이
하나 둘 떨어지기 시작했다.
어느새 가을이 지나고 겨울이 성큼 다가온 것이다.
초겨울에 하나둘씩 떨어지던 잎새들은 거의 다 떨어져
이제 몇 개밖에 남지 않았다. 문득 가수 배호가 불러
널리 알려졌던 〈마지막 잎새〉라는 노래가 떠올랐다.
참 좋은 친구였는데, 그리고 참 다정한 친구였는데…….
그 친구가 부른 노래처럼 빨갛게 물들었던 화수목 잎새들은
하나 둘 떨어져 이제 몇 잎만 힘겹게힘겹게 남아 있었다.
어느 날 겨우 하나 남은, 마지막 잎새가
힘겹게 버티고 있는 모습이 눈에 들어왔다.
아침에 일어나면 습관처럼 밖을 내다보는 나는
금세라도 떨어질 듯 힘겹게 붙어 있는
마지막 잎새를 바라보며 안도의 한숨을 내쉰다.

그러나 언젠가는, 아니 곧 그 마지막 힘도 못 견디고
떨어져 버리겠구나 싶어 가슴이 저려 온다.
하루라도 더 버티어 주었으면 하는 간절한 마음이지만,
이제 내 마음도 비워야겠구나 생각한다.
이래서 겨울은 마음도 몸도 춥다.
다음날 나와 보니 밤새 아니나 다를까
그 잎새는 떨어져 버리고 없었다.
내 인생도 언젠가는 마지막 잎새가 되겠구나 생각하며
다시 한 번 친구 배호를 떠올렸다.
그는 어쩌면 그렇게 〈마지막 잎새〉 노래를 끝으로
마지막 잎새가 떨어지듯이 그렇게 떠나갔을까.

나는 그 친구가 떠난 후 내내 그에게 미안하고
죄스러운 마음으로 지냈다.
그와 나는 무척이나 친하게 지냈다. 공연도 같이 가장 많이 했다.
그렇게 각별하게 지냈으면서도 막상 그가 저 세상으로
떠나갔을 때 장례식에조차 참석하지 못했다.

동백아가씨

그 때문에 한동안 내내 미안한 마음이었다.
그는 참으로 착하고 어진 사람이었으니 하늘나라에서도
나를 용서해 주리라 믿는다.
하늘나라에서 행복하게 지낼 것이라 생각하며.

잊혀짐은, 고독이다~

이山
2009

아름다운 섬, 흑산도와의 인연

한 5, 6년 전이었던 것으로 기억한다.

집에 있는데 전화벨이 따르릉 울렸다. 수화기를 들고

"여보세요?" 하니 "여보 난데, 집에 별일 없지?" 하는

우리집 양반의 목소리가 들려왔다.

"아……네."

우리집 양반은 동창들과 함께 1박2일로 홍도 남해 관광을

갔던 참이었다. 그런데 흑산도에도 들르게 되었던가 보았다.

그 양반의 목소리.

"응. 나 지금 흑산도에 왔는데 당신의 노래비가 있어서

여기에 와 있거든? 잠깐 기다려 봐."
그러더니 내 노래 〈흑산도 아가씨〉가 흘러나오는 것을
들려주는 것이었다.
우리집 양반은 "당신 들려?" 하며 1절을 끝까지 들려주었다.
그러면서 하는 말이 "여보, 이 노래비에 녹음 설치가
되어 있는데 동전 500원짜리 하나를 넣으면 1절이 나오고
두 개를 넣으면 2절까지 나오게 되어 있어" 하는 것이었다.
주위에서는 친구 분들의 웃음소리도 들리고
왁자지껄한 분위기였다.
나는 전화를 끊고는 '이 양반에게 이런 면도 있었나?'
하며 혼자 미소를 지었다. 워낙 과묵한 성격의 그가
그런 전화를 해준 것에 흐뭇한 생각이 들었던 것이다.

흑산도는 나와 분명 인연이 있나 보다.
1960년대 초반이라고 생각되는데, 1964년 〈동백 아가씨〉가
발표되기 직전이었으니까 아마도 62년이나 63년이었을 것이다.
당시 김종필 총재가 '연예인 궐기단'이라는 것을 만들고

총단장을 했는데, 이 단체의 목적은 대도시부터
시·군·읍·면 등지를 돌아다니며 주민들 위문 공연을 하는
것이었다. 가수, 코미디언, 무용수, 악단, 그리고 스태프들이
한 조가 되어 각 지방 순회공연을 하러 다녔다.
김종필 총재는 이 단체를 하나가 아니고 일곱 개나 만들어서
군대처럼 1소대, 2소대…… 6소대라 이름 붙였는데,
나머지 하나는 특별소대라고 이름을 지었다.
왜 특별소대라는 이름을 따로 붙였는가 하면
특별소대는 주로 대도시와 군에서 공연을 하고,
나머지 소대들은 읍·면 등지에서 공연을 했기 때문이었다.
특별소대에 속한 연예인들은 좀 알려져 있는 사람들,
그러니까 좀 인기가 있는 연예인들이었는데
나는 운좋게도 특별소대로 배정을 받았다.
우리 특별소대의 멤버로는 소장을 맡으신 신세명 선생님을
비롯해 최숙자·고봉산 씨 등이 있었고,
악단은 당시 가장 인기가 많았던 고계화 악단이었다.
우리 연예인들에게는 남녀 할 것 없이 군복이 배급되어

우리는 마치 여군, 남군 같았다. 공연장을 다닐 때도
반드시 군복을 입어야 했다.
각 소대에는 트럭(군대식)이 두 대씩 배정되었는데,
공연 장소를 옮겨 다니려면 지금처럼 편리한 교통수단인
버스나 비행기도 없던 때였으므로 우리로서는
더할 나위 없이 좋은 교통수단인 셈이었다.
그때 트럭 한 대에는 출연진을 태우고, 다른 한 대에는
스태프진과 무대장치를 싣고 다녔다.
우리 출연진이 타는 트럭 운전석 앞자리에는
소대장인 신세명 선생님이 타시고, 나머지 사람들은
남녀 할 것 없이 트럭 위에 옆으로 나란히 앉았다.
당시 우리나라 대부분의 길은 비포장도로라서
단원들이 공연장에 도착해 내려 보면 몸과 얼굴이 온통
먼지투성이라 서로 쳐다보면서 손가락질하며 웃곤 했다.
우리가 공연하는 장소는 대체로 지방 공설 운동장
아니면 학교 운동장이었다. 비가 오면 학교 강당에서 했다.
그래도 내가 속해 있던 특별소대는 대도시, 작아야 군 소재지에서

공연을 했으니까 사정이 좋은 편이었지만 나머지 읍·면으로
다니던 팀들의 고생은 말할 나위가 없었다.

그러던 어느 날, 우리 특별소대에 흑산도 공연을 가라는
지시가 내려왔다. 서울에서 목포로 내려간 우리 일행은
목포항에서 배로 갈아타야 했는데, 우리에게
목포항 특별 경비정을 내주었다.
그 배는 쾌속정이라서 갈 때는 너무도 빨리, 편안하게 갔다.
그런데 공연을 마치고 다음날 돌아오려고 하니
비바람에 풍랑이 일어 출발을 할 수가 없었다.
우리는 할 수 없이 하루를 흑산도 여관에서 더 묵어야 했다.
그런데 그 다음날도 여전히 날씨가 좋지 않았다.
정말 난감하기 짝이 없었다.
우리는 무리를 해서라도 출발을 해야만 했는데 경비정은
작은 배라서 높은 파도에 위험하다 하여 할 수 없이
정기 여객선을 탔다.
여객선은 경비정과 달리 너무나 출렁거렸다.

못 견디게 그리운 아득한
저 육지를 바라보다 검게 타버린
검게 타버린 흑산도 아가씨

우리는 심한 뱃멀미 때문에 거의 초죽음이 되다시피 했다.

나와 흑산도의 인연은 그렇게 시작되었다.

그리고 얼마 후 육영수 여사가 낙도 어린이를, 자세히
기억은 나지 않지만 그때 흑산도 어린이들을 서울로 초대해
청와대와 서울 구경을 시켜 주었던 것으로 기억한다.

그 일을 계기로 〈흑산도 아가씨〉라는 영화가 만들어지게
되었는데, 박춘석 선생님이 그 주제가를 내가 불러야 한다고
말씀하셨다. 〈동백 아가씨〉가 크게 히트한 직후였다.

그 때문에 너무나도 바빠서 레코드 취입을 하려고 해도
좀처럼 시간을 내기가 힘들었다.

그래서 녹음 날짜를 많이 미루었던 것 같다.

어느 날인가 부산 공연을 마치고 야간 침대 열차를 타고
다음날 아침 서울역에 내렸다. 그때는 교통편이 지금처럼
편리하지 못했기에 저녁에 밤기차를 타면 아무리 빨라야
다음날 아침에 도착하는 것이 고작이었다.

그나마 누워 올 수 있어 좀 나은 편이었지만, 그래도 잠을 제대로
잘 수 없었던 탓에 아침에 서울역에 내리니 몹시 피곤했다.

동백아가씨

그런데 서울역에는 녹음실에서 나온 사람이 기다리고 있었다.
집에 들를 시간조차 없다는 것이었다. 나는 그대로
녹음실로 끌려가다시피 갈 수밖에 다른 도리가 없었다.
녹음실에 도착하니 박춘석 선생님과 〈흑산도 아가씨〉의
한영모 감독님이 기다리고 계셨다.
나는 급히 세면실로 가서 세수와 양치를 대충 하고
녹음실로 들어갔다. 영화가 다 만들어져 며칠 있으면
극장에서 상영하게 되는데, 주제가가 녹음이 안 돼서
너무나 급한 상황이라고 했다.
나는 녹음실 안 피아노 앞에 앉아 계시는 박춘석 선생님에게
가서 〈흑산도 아가씨〉라는 곡을 받았다.
참으로 기가 막혔다. 밤새 잠을 제대로 못 자서 피곤한 것도
피곤한 것이지만 연습도 하지 않고 그 자리에서 곡을 받아
피아노로 몇 번 연습하고 녹음을 해야 한다니 너무도 어이가 없었다.
그러나 어쩌랴. 영화감독님은 옆에 지키고 있지,
급하기는 급한 상황이라서 어쩔 도리 없이 그냥 그 자리에서
몇 번 연습을 하고는 바로 녹음을 할 수밖에 없었다.

그러다 보니 자꾸 NG가 났다. 목소리도 잘 나오지 않았다.
대개 가수들은 오전 중에는 목소리가 잠기고
잘 풀리지 않는데 그때가 오전 10시경이었다.
노래의 감정 같은 것은 생각할 겨를도 없이 박 선생님과
감독님의 OK 사인을 받고 어정쩡하게 녹음을 끝낼 수밖에 없었다.
사실 다시 녹음을 해야 했지만 어쩔 도리가 없었다.
당시 내 목소리는 녹음실, 방송국, 공연장을 매일같이
뛰고 또 뛰는 생활의 연속이라서 정상일 수가 없었다.
그 때문에 항상 목소리가 맑게 트여 있지 못하고 약간 탁하고
쉬어 있었다. 그래서 〈흑산도 아가씨〉 마지막 부분에
"흑산도~"라며 높이 올라가는 음정이 약간 탁하고
쉰 목소리로 녹음이 되고 말았다.
지금도 〈흑산도 아가씨〉를 부를 때나 들을 때면
그때 생각이 떠올라서 혼자 미소를 짓곤 한다.

지금도 흑산도 경치 좋은 곳에 500원짜리 동전 한 개를 넣으면
1절이 나오고 두 개를 넣으면 2절이 나오는

동백아가씨

내 노래 〈흑산도 아가씨〉 노래비가 있다니,
좀 야박한 느낌이 들긴 하지만 열심히 불러서
동전 많이많이 모아 오래도록 흑산도 찾아오시는
사람들을 즐겁게 해주었으면 좋겠다.
아름다운 섬, 흑산도와 나는 이렇게 인연을 맺었다.

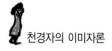

천경자의 이미자론

노래도 사람도 들깨꽃 같은 가수

"황혼이 질 때는 생각 나는 그 사아라아암 가슴 기이피 맺힌 슬픔, 영원
토록 잊을 길이 없느은데……"

따라 부르지만 "가슴 기이피" 대목에서 '퓨우웃~' 이상한 바람피
리 우는 소리가 나와 노래를 잇지 못할 때가 많다. 언제부터인지 음치
가 되어 버린 나다.

〈황혼의 부르스〉, 〈섬처녀〉, 〈서울이여 안녕〉, 〈첫눈 내린 거리〉
를 들으면 그 처절한 애환이 내 가슴에 스며와 응어리져 있던 무엇
인가를 툭 내려주고 밀려드는 쾌감이 오관(五官)을 돌아 그만 울고
싶어지는 것이다.

꼭이 울어야 될 판엔 웃음이 나오곤 했지만 어쩌다 부드러운 양복
으로 감싸주는 모성애 같은 촉촉한 감정에 접했을 때, 비나 눈, 봄에

동백아가씨

서 아름다운 자연을 느낄 때, 좋은 예술 작품을 보고 음악을 들을 때 울고 싶어지는 것이다.

이미자의 노래 역시 예외는 아니다. 이미자의 노래는 '착하게 살려는 서민에게 생명수를 뿌려준 건전가요'라고 믿고 싶다.

그녀의 노래는 나에게 매둑매둑 추억과 함께 살아 있다. 별난 사연도 아닌데 이미자 노래가 담긴 잊혀지지 않는 추억이 공연히 솟아오를 때마다 5월 미풍에 맑은 공기를 마신 듯한 기분에 젖게 된다.

10년 전인지 9년 전인지 그때에 중학교에 다니던 둘째딸하고 단성사에서 이미자가 주제곡을 부른 〈황혼의 부르스〉를 보았다. 장동휘·조미령이 나오는 페이소스 넘치는 오락 액션 영화였다. "엄마 좋네 잉" 하던 딸의 단발머리가 시원하기만 했다.

1972년 5월. 몇 분의 서양화가와 사진작가 틈에 끼어 작고하신 변관식 선생과 함께 충청도 지방으로 작품을 위한 답사에 나섰었다. 속리산 기슭에 있는 여관방에서 하룻밤을 자게 되어 따로 처량하게 저녁 밥상을 받고 있을 때, 여관 안방에서 〈섬처녀〉가 흘러나왔다.

"……나도 물새처럼 훨훨 날아가 봤으면……"의 구절이 무골호인 변관식 선생을 제외하고 무엇인지 통하지 않는 일행들과의 여행길의 답답한 체증을 내려앉게 해주었었다. 노래 때문에 기운이 생긴 나는 여관을 뛰어나와 노송길을 무턱대고 거닐었었다.

때마침 철이라 개천에서 개구리 울음소리가 요란했다. 개구리 소리는 들을 때마다 웬일인지 슬픈 연정을 불러일으켜 준다. 그해 나는 25년 동안 동고동락했던 딸의 아버지와 어쩔 수 없는 운명 때문에 헤어졌었다.

🌸 동백아가씨

개구리 울음소리는 장차 내 개인이 어떤 미궁에서 허덕일지라도 금세라도 헤어진 그를 찾아가고 싶은 충동을 불러일으켜 주고 이성을 잃게 해주었지만, 지금 생각하면 주책없는 그 순간이 추억이 되어 남아 있는 것이다.

　　〈서울이여 안녕〉은 왕년의 탤런트, 모자 쓴 나옥주를 떠오르게 한다. 그 당시 아직은 내가 젊고 심신도 시들기 전이어서 온갖 인생의 꿈이 부풀던 시절이라 그런대로 그리움이 되새겨지기도 한다.

　　〈첫눈 내린 거리〉는 지난해 어느 눈 내리는 날, 동아방송 〈동아의 메아리〉 프로에서 처음 들었었다. 아직 수습생인 듯싶은 여자 아나운서가 이동방송차로 원남동 어느 대중식당 앞길에서 김장하는 아낙네들을 찾았을 때 그 아낙네들의 신청곡이었다. 난 그때 어찌나 그 구성진 무드가 좋았었는지 모른다.

어린 시절 시집갈 날 받아놓고 뒷방에서 골무골 매면서 훌쩍훌쩍 울던 '건너뱅이' 언니 모습이 떠오르고, 역시 그 시절 뽕잎 따서 치마 폭에 채운 뽕 따던 여인네들이, 그리고 연 캐는 채연녀(採蓮女)들의 애달픈 홍타령 가락이 귀에 선하게 들려오는 듯했다.

원남동 대중식당 종업원 아줌마들이 길바닥에서 김장을 하면서 이 미자의 〈첫눈 내린 거리〉를 청하는 심정 역시 옛날에 님 그리워하면서 뽕 따고 연 캐는 여인들과 마찬가지로 슬프고 아름다운 정서를 풍겨 주었다.

덩달아 건조한 방 안에서 고심하면서 그림을 그리고 있는 나까지도 모처럼 그런 아름다운 상상에 묻히게 돼 고마웠다. 예나 지금이나 가요계의 여왕인 이미자를 직접 본 것은 〈동백 아가씨〉를 불러 인기 충천한 그녀가 시민회관 무대에서 꽃다발에 묻힐 때였다. 노래를

 동백아가씨

잘 부르니까 보는 사람에게 저항감을 주지 않았었다. 그건 또 꾸밈없이 소탈한 이미자의 인간미 때문일는지도 모른다.

그 뒤에 태평로 대한공론사(大韓公論社) 앞을 지날 때 그레이빛 코트에 싸인 알맞은 키의 여인이 스쳐가 이미자로 보았던 일이 있다.

눈이 시원하고 약간 거무스름히 화장한 피부빛이 참 좋아 보였었다. 그 인상에서 문득 초가을 집 울타리에 핀 들깨꽃이 연상되어 왔다.

라일락을 작게 해놓은 것 같은 보랏빛 작은 꽃, 들깨꽃. 향기롭고 고소하면서 겸허롭게 피어 찌개를 끓여도 영양분 많고 구수한 들깨. 이미자는 노래도 그렇고 인품도 그렇고 다분히 들깨를 연상시켜 주는 가수다.

물론 그 스쳐간 여인이 진짜 이미자였는지, 비슷한 모습의 다른 여자였는지는 알 수 없었다.

역시 오래전이지만 이미자가 교통사고로 효자동 어느 병원에 입원했다는 기사가 어느 주간지에 실렸었는데, 얼굴에 반창고를 붙이고 팔엔 링거가 꽂혀 있는 적나라한 모습의 사진이 나와 있었다.

　'내 꼴을 볼 테면 실컷 보시오'식으로 태연하게 찍힌 사진은 그녀가 과거에서 현재, 미래에도 누구의 도움도 받지 않고 오로지 혼자의 힘으로 한세상 산다는 식의 오기와 배짱, 정직, 그러면서 멍청하게 텅 빈 듯한 공백이 엿보여 정답고 매력이 있는 여성으로 느껴졌다.

　그렇게 태어나 그렇게 살고 보자면 무척이나 인생의 파란도 겪었을 줄 안다. 나는 아직도 인생을 잘 모르지만 단순하고 요행을 바라고 약게 살아가는 인생보다는 때로는 상처받고 발분해서 일어서고, 그것이 되풀이되는 동안 감칠맛이 있는 인생을 디디고 성장한 사람만이 승리자라고 보고 싶다.

나는 또 한 번 "가슴 기이피 맺힌 슬픔 영원토록……"을 불러 보지만 역시 나의 목청은 "기이피" 대목에서 이상한 소리가 갈라져 나온다.

토동토동 계단 오르는 소리가 나더니 숙녀가 된 둘째딸이 문을 열고

"엄마아, 뭐해?"

"가슴 기이피……"

동양화가 **천경자**

* 이 글은 〈동아일보〉 1978년 3월 18일자에 실린 화가 천경자씨의 '이미자론' 입니다. 이미자에 관한 다른 어느 글보다 그의 노래와 인간적 체취가 잘 드러난 것으로 보여 여기에 실었습니다.

끝 까 배 는 길 은 외 롭 다